# 해자네 점집

김해자

## 시인의 말

또 한 겹의 시간을 뜯어냈다.
갈마드는 대지의 시간 앞에서
나는 한 치 앞도 못 보는 청맹과니,
암시나 모름시나 잘만 살았다.
사람과 꽃과 나비와 알곡과 대지에 경배하며.
그 모든 계절의 바람과 떨어진 꽃과 주검들이여,
새벽이면 얼음을 깨고 들여다보던 시간의 동공이여,
절뚝거리며 걸어온 그 모든 발길과 발이 닿은 바닥이여,
공짜로 배달된 흰 시간 앞에서,
살아가야 할 날들이 저리 넉넉하고 깨끗하다.
밥과 술 그리고 웃음까지 나눠 먹는 이웃들과 친구들이
이 시들 중 몇 편이라도 듣고 껄껄 웃었으면 좋겠다.


2018년 4월
천안 광덕에서 김해자

# 해자네 점집

## 차례

### 1부 백수도 참 할 일이 많다

## 2부  사랑은 끝내지지 않는다

## 3부  여기가 광화문이다

**4부　시 같은 거짓말과 허구가 필요했다**

**발문**

# 1부

## 백수도 참
## 할 일이 많다

# 밤 속의 길

삶은 밤을 까다 누런 데를 도려내는데
허연 벌레가 툭 떨어졌습니다
화들짝 오므리더니 금세 꾸물꾸물 기어갑니다
제 몸 수십 배 높이에서 투신해서도 살다니
뜨거운 화탕지옥에서도 살아남았다니
날카로운 칼산지옥도 피해 갔다니
집이자 밥이었던 살 속에
누런 길이 나 있습니다

# 머리맡에 막걸리 두 병 놓여 있었다


붉은 접시꽃 옆에
다수굿이 서 있던 살구나무 집 어매
반나마 없어진 이를 가리며 합죽 웃었다

술 있시믄 한 병 빌려줘유 낼 트럭 오믄 갚으게
테리비는 지 혼자 뭐라뭐라 떠들어대지
껌껌하니 나갈 수가 있나 이야기 할 사램이 있나
술이라도 없었으믄 어찌 살았을까 몰러 질고 진 밤
후루룩 김치 국물이나 마시다 곯아떨어지는 겨
고대로 가는 중도 모르게 갔시믄 좋것네

희망근로 새겨진 노란 조끼 입고
새벽같이 빗자루 들고 나다니더니
고추밭 이랑에 엎드려 있더니 어느 날은
콩밭 매다 호미처럼 구부리고 주무시더니,
청국장 띄우는 집 들러 김 모락모락 나는
콩 몇 알 뭉쳐 자시고 정신 오락가락하는
친구 집 들러 코피 한잔 나눠 자시고

허청허청 집으로 가더니 고대로 가셨다

머리맡엔 막걸리 두 병이 댕그마니 놓여 있었다

# 백수도 참 할 일이 많다

도리깨질하는 앞에 서서 고개만 까딱거려도
수월하다는 앞집 임영자 씨 말 듣고
저짝에서 하나 넘기고 이짝에서 하나 제치고
둘이 하면 힘든지도 모르고 잘 넘어간다는
아랫집 맹대열 씨 말 듣고
쌀방아 보리방아 매기미질도
둘이서 셋이서 하면 재미나대서
콩 튀듯 팥 튀듯 바쁜 양승분 씨 밭에 가서
가만히 서 있다
콩 터는 옆에 앉아 껍데기 골라냈다
사방팔방 날아다니는 콩알을 줍기도 했다
심지도 않은 땅콩 한 소쿠리 얻었다
백수도 참 할 일이 많다

# 양 씨가 게발선인장에게

아고고 방에 들어가자, 이제 기운도 없고 허리도 아프고, 그래도 밖에 두면 얼어 죽는데 어떡해. 눈이 펄펄 올 텐데 천생 같이 살아야제, 느그들 요새 춥다는디 방에 들오니께 따숩제? 나랑 같이 있으니께 좋제?

오만 발에 빨갛게 꽃몽우리 매달고 환하니 니 에미도 처음엔 이뻤니라, 아무리 이쁜 꽃도 오래 되니께 늙어 한 떼가 엉크러졌는디, 건드리니께 뚝 떨어지고 만지니께 뚝 뿌라지드라, 뼈다귀가 생겨서 뻐드러져 죽어삐드라

임자 임자, 이뻐해주고 나래면 딱 죽는 줄 알던 우리 아자씨, 자르르하니 바람이 불면 벼들이 소복이 드러눕고, 툭툭 불거진 나락 거둬서, 추석 전에 고봉밥 한 그릇 잘 자시고 우루루루 가시니께 고만이드라. 사지 꾹꾹 묶어서 폭 덮어서 얼굴 꽁꽁 싸매갖고…… 그라고 일찍 갈 걸 머한다고 논두렁 밭두렁

에서 살았으까이

　혼차서 오래 살다봉께로 노망이 났나, 이 늙은탱
구 요상시러워서 고추 따다가도 실실 웃음이 나고,
넘의 살거죽만 보이도 살풋 배고 싶고 슬멋 파고들
고 싶고, 붙들고 울 넘의 팔데기 하나 없시, 움시나
움시나 낮고랑 밤고랑 어찌 건너왔으까이

# 꽃도둑의 눈

자고 나면 갓 핀 꽃송이가 감쪽같이 없어지더니
밤새 금잔화 꽃숭어리만 뚝 따 먹고 가더니
좀 모자란 눔인가, 시 쓰는 눔 혹시 아닐랑가
서리태 콩잎보다 꽃을 좋아하다니
이눔 낯짝 좀 보자 해도 발자국만 남기더니
며칠 집 비운 새 앞집 어르신이 덫 놓고
널빤지에 친절하게도 써놓은 '고랭이 조심'에도
아랑곳없이 밤마다 코밑까지 다녀가더니
주야 맞교대 서로 얼굴 볼 일 없더니
어느 아침 꽃 우북한 데서 눈이 딱 마주쳤습니다
꽃향기에 취해 잠이 들었나 놀란 이 꽃도둑
후다닥 논틀밭틀로 뛰어가는데
아 참, 도둑의 눈이 그렇게 맑다니

# 언니들과의 저녁 식사

밥 먹으러 오슈
전화받고 아랫집 갔더니
빗소리 장단 맞춰 톡닥톡닥 도마질 소리
도란도란 둘러앉은 밥상 앞에 달작지근 말소리
늙도 젊도 않은 호박이라 맛나네,
흰소리도 되작이며
겉만 푸르죽죽하지 맘은 파릇파릇한 봄똥이쥬,
맞장구도 한 잎 싸 주며
밥맛 읎을 때 숟가락 맞드는 사램만 있어도 넘어
가유,
단소리도 쭈욱 들이켜며
달 몇 번 윙크 하고 나믄 여든 살 되쥬?
애썼슈 나이 잡수시느라,
관 속같이 어둑시근한 저녁
수런수런 벙그러지는 웃음소리
불러주셔서 고맙다고, 맛나게 자셔주니께 고맙다고
슬래브 지붕 위에 하냥 떨어지는 빗소리

# 심청이 세 송이

일곱 살에 어매 죽고 열 살에 넘의 집 살러 갔네, 밥도 많이 멕여주고 옷도 사 주고 이웃집 아저씨 따라갔네, 저그 조 쌓인 쌀 백 섬 밥 해주면 월급 주께, 저그 조 쌓인 빨래 다 빨고 조 핏덩이 셋 다 키워주면 시집 보내주께

어얼러러 상사뒤야- 애보개 석삼년 밥하개 석삼년 가심에는 젖몽울이 생깄네, 이 풍진 세상 만났으니 사나, 이 풍진 세상 속으로 사나 만나 정붙임서 왔네, 정 뗌서 왔네 예펜네가 되어 왔네, 새벽이면 너덩걸길 달맞이골 올라 찬물샘 뜸서 왔네 삼시랑님 부름서 왔네, 으스름 살 입혀 자식 낳음서 왔네 자식 키움서 왔네

에라 만수야 에라 대신- 곱창 밟음서 왔네 켜켜이 똥물 핏물 양 천엽 씻김서 왔네, 영등포 쪽방 내가 붙인 가오리연 몇 천만 장인가 날려보지도 못한 가오리 뼈에 손 찔림서 왔네, 만장 붙이면 쌀 한 봉지에 연탄 넉 장, 쌀 봉투 붙임서 왔네 달방 지킴서 왔네

이지러지고 저지러지는 달빛 아래 초롱등 밝힘서 왔네 장삼베 짬서 왔네, 다랑골 용그람날 다독임서 왔네, 돌짝밭 난밭 일굼서 왔네, 갈치논 다랑논 물대며 왔네, 어기영차 모 심음서 왔네, 저기영차 논밭 끎서 왔네

네에- 나나나- 니니니- 흐르난 물에 꽃 던짐서 왔네 울음 던짐서 왔네, 부체님 관심보살님 쇠줄 끔서 왔네, 바리 채움서 왔네, 접시 돌림서 왔네, 귀 멀은 아부지 눈먼 하눌님 부름서 왔네 지도드림서 왔네
천불전 밖에 나앉은 천불千佛 입 속에 밥알 넣어줌서 왔네, 끄슬은 인부들 입에 뜨건 국 넣어줌서 왔네, 업이야 청청 업 지음서 왔네, 나무야 나무야 광덕산 나무야 업 품서 왔네, 나무석 나무불 모름시나 암시나 길 닦음서 왔네

저 산이 그냥 산이 아녀, 광덕산 망경산 태학산 저 하나하나 산날맹이가 다 연꽃이여, 산봉올마다 연꽃

펼쳐진 논두렁 사이, 벼꽃 피는 나락벌 걸어가는 까막눈이 연밥들, 암시나 모름시나 연꽃 속에서 살았네라, 떠돎시나 감시나 해거름 연잎은 소롯이 접히는데, 점점이 멀어지는 연밥 몽올

# 고추 사형제

고추 옆에 떨어진 밤 한 톨 주우려다 놓았습니다. 그 한 톨 아래가 꾸물거리는 집이 되었으니. 바가지 만 한 웅덩이가 강이겠구나 너희에겐 고추 한 그루 밑동이 대륙이겠구나, 내 뱃구레만 한 땅속에 수만 씨앗이 들어 있다니 내 몸뚱이만 한 흙속에 수십만 미물이 살고 있다니, 이 땅 임자는 내가 아니었구나

지난봄 서로 의지하고 살라고, 햇빛 싸움하며 물 도 땅도 다투고 살아야 건강하다고, 고추 옆에 수수, 깨 사이에 대파 사형제를 심었더니, 고춧대에는 노린 재가 줄 서고 수수 알은 새가 대놓고 까먹습니다. 나 눠 먹고 살자 협상을 해봐도 목초액 뿌려 협박을 해 봐도 이미 늦었습니다

고추밭인지 잡초밭인지 원, 담 너머 건너오는 소 리 위로 나비가 날아들고 참새가 쫑알댑니다. 나 없 어도 잘만 살겠구나, 빨아 먹히고도 탱탱한 고추 몇 따며 담 안에서 나도 고시랑거립니다

# 날랜 여자

지렁이가 꿈틀꿈틀헌다구유?
고거사 세멘 공구리 말이고 흙 우에선 안 그류
걍 크게 꿈틀하고 말쥬 두 박자꺼정 언제 가유
꿈틀하믄 벌써 샥, 흙덩이가 덮어주는디
지심 매다 뿌렝이랑 같이 지렁이가 딸려 나오잖여유
꿈틀하자마자 샥, 걍 샥이믄 없슈
벌써 지 집으로 돌아간 겨
내가 그런 게 아니라니께유
아모래도 누가 손을 쓰는 모냥이쥬
내 손이사 암만 혀도 그라고는 날랠 수가 없쥬
내도 놀라지만 지는 또 얼매나 놀랐것슈
산 목심이 뭔지 호미 날에 토막 나 올라오믄
이게 뭔 일이끄나 으디 도망도 못 가고
뱃창시 꼬인 아그들모냥 비틀어대는디
지렁이 좋아허냐구유
댁은 머 환장하게 좋아서 평생 서방 데꼬 사슈

23

# 무용 Useless [*]

　수천 명 매머드 공장, 수십 라인
　단 하나의 부속이 되어


　소매달이는 소매만, 에리달이는 에리만 주구장창 박아댄다 대량으로 나오는 미세먼지, 먼지만큼 대량 기침, 쿨럭쿨럭 완성품이 어찌 생겼는지 들여다볼 여력이 없다.
　누가 입을지 모르는 옷, 당연히 누가 만들었는지 궁금해 않고 입을 사람들을 위해, 위해서라는 생각 조차 없이 얼굴 처박고 미싱만 돌린다.

　특별함을 파는 백화점 고급 브랜드는 효용이 아니라 메이커를 판다. 희소할수록 가치가 높아지고 비쌀수록 잘 팔린다. 진흙과 연잎과 풀잎으로 만든 생태적 옷은 파리 패션 무대에 전시된다. 탱화 속 보살들이나 걸칠 법한 잠자리 날개 같은 옷, 모델 외에는 입을 수 없는

살림집 한 귀퉁이 비워 수선집 차렸다
석탄가루 밟으며 까만 비닐봉다리 들고
먼 길 걸어온 늙은 광부의 틀어진 작업복을 고친다
더 쥐어 주려는 까만 손과 동전을 돌려주려는
굳은살 박인 손

대낮부터 대취해 돈 달라 떼쓰는 저 작자 난닝구
도 손 좀 봐야겠다
구시렁구시렁 이빨 빠진 바지 지퍼 바꿔다는
나는 Use-less 시인이다

갈수록 필요가 넘쳐나는 이 행성엔 무용과
약간의 무능이 필요하다


* 옷에 관한 몇 가지 에피소드를 다룬 중국 다큐멘터리 영화
제목.

# 어매

　설영근 나락이삭 흰 설움꽃 피우며 왔네 꺼끌꺼끌 보릿고개 껄보리 이삭에 몸땡이 굴리며 왔네 배속에 훈김 쏘여 줄줄이 새끼 낳아 업고 안고 항하사 모래알만큼 많은 밥알 고봉밥 꾹꾹 누르며 왔네 가시나무 떨기 꺾어 물레 돌리고 붉은 선짓발 빨며 왔네 삼지창 들고 호미 쥐고 또아리 위에 항아리 이고 왔네

　놋그릇 박박 닦아 제사상 바치다 갔네 죽살이길 피살이길 열 손가락 장을 지져 구들장 데피고 열 발가락 심지 삼아 불 밝히다 갔네 서금서금 무명천 짜 삼도천까지 낸 길 덤부렁덤부렁 휘인 허리도리 칼삼아 가르며 갔네 하얀 목화밭 흰 머릿수건 삼천 대천 탱화 속으로 들어가셨네

# 아무도 그의 이름을 부르지 않았다

낫 지나간 자리 풀 비린내가 진동한다
울고 있는 사람은 위험하지 않다 아직
외상外傷은 언젠가 아물고
새 잎이 자랄 것이다

제초제 덮어쓴 풀들은 아우성조차 없다
언제 풀이었던가
내장까지 타버린 누런 몰골

달도 없는 밤,
그는 제초제 한 병을 입 안에 부어버렸다
녹은 것은 켜켜이 들어찬 어둠 속 내상內傷
내장된 상처는 빠른 속도로 이지러졌다

안이 다 녹아 없어지도록
아무도 그의 이름을 부르지 않았다

# 불구의 말

떡 하나 주면 안 잡아먹지,
함석 일 다니는 아빠는 허벅지 하나 잘라 주었지
떡 하나 주면 안 잡아먹지,
말도 잘 못하는 엄마는 아랫도리를 베어 주었지
떡을 두 개나 줬어도 자동차 바퀴에 잡아먹혔지
남동생 어깨와 가슴

엄마는 언제 와? 아빠는? 오빠 언제?
자꾸 묻는 여동생에게 대답을 못하는 너처럼
네 앞에서 내 말은 불구
사지가 없다

툭툭 끊어진다 신음처럼
자식을 잃은 모음과 어미를 잃은 자음

고통 속에서 말은 완성되지 않는다

산목숨에서 흘러나오는 액체의 말 네 눈에 가득한

눈물이 아니라면 짐승의 살가죽에서 솟구치는 진
땀이 아니라면
  저 층층이 쌓인 책들과 이 많은 말들이 무슨 소용
인가

  불구가 아니면 불구에게 닿지 못하는
  불구의 말, 떠듬떠듬 네게 기울어지던 말들이
  더듬어보니 사랑이었구나

# 신神들의 마을

　어린 손자 안고 술을 마신다
　달도 안 마시고 까마구도 물고기도 안 마시는
　마음이 날아가는 물

　날아라, 날아, 날아가 볼까? 배 타고. 자아, 함께
끄는 그물이여, 잡아볼 껴? 그렇지, 그렇지, 다리로
잡아보렴. 허벅지에다 힘을 주고 엄지발가락 사이로
다. 할아부지가 돛대를 잡을 테니 자아, 간다 고향
섬으로 조상님 섬으로.

　그물을 잡고 있능 겨? 할아부지는 피곤혀서 잘 것
이니 너만 믿을 겨. 너도 졸립다고? 그럼, 그럼. 너도
날마다 녹초가 되지. 형들이 장작을 패면 대청마루
끝까지 기어 나와서 뜻대로 안 되는 손가락을 쥐었
다 폈다 허구, 그 몸으루 뻘뻘 땀을 흘려가며 장작을
패겠다구 끼어들었지.

　허허, 할아부지는 슬슬 정신이 깜박깜박하기 시

작허네. 너도 같이 날아갈까, 함께. 영차 노를 저어라, 흔들린다 흔들려. 자, 할아부지가 흔들어줄게. 자라, 너도 마음이 지쳤을 거야. 할아부지 무릎 베개 삼아. 자, 할아부지 배는 잠들기 좋지. 편안하게, 편안히. 배꼽은 하늘을 향하고. 향했어, 배꼽이, 자아, 허허.

  엔진을 끄고 가볼끄나 노를 저어 가볼끄나
  오늘 밤은 십삼야十三夜이니 돛을 달고 가볼끄나

  할아버지는 배가 되어 머리를 끄덕여가며 돛대를 올렸다
  −이 아이는 갈잎 배에 담아 흘려보냈도다*

용했음. 비료 공장에서 나오는 폐수가 바다로 흘러들고 그로 인
해 생선과 조개를 주로 먹고살던 바닷가 사람들이 병에 걸렸는
데, 모쿠는 태아성 미나마타병으로 중추신경이 마비된 채 태
어났다. 손자를 질질 끌어 업고 다니던 할아버지가 향년 72세
로 돌아가시자, 간단한 사후 법명이 붙여졌다. 어질고 선한 부
처 같은 사람, 샤쿠로젠위釋良善位.

# 문맹

안경을 벗고 누우니 글자도 따라 눕는다
먼 나라 상형문자
점차 점점이
사 라 진 다

아무것도 없다
점과 점 사이
공간이 출렁인다

갑자기 넓어진 동서남북
한가운데서
읽기에 중독된 마음이 논다

평생 바깥을 들여다보았으나
나밖에 읽은 게 없구나
그조차 다 내다보지 못했구나

# 2부

사랑은
끝내지지 않는다

# 벽 너머 남자

가끔 공동 수돗가에서 만나면 사알짝 웃기도 했는데, 마당 끝에 있는 변소 앞에 줄 서 있기라도 하면
출근길 그 남자 미안한 듯 고개 숙이고 지나갔는데, 어느 차가운 밤 골목 입구에서, 고구마 냄새나는 따뜻한 비닐봉다리 안겨주고 도망가기도 했는데, 충청도 어디 바닷가에서 왔다던가 사출 공장 다닌다던가

기침 소리, 라면 냄새 다 건너오던 닭장 집, 얇은 벽 너머 함께 살았지. 벽 하나 사이 두고 나란히 누웠던 그 남자 느닷없이 죽어, 하얀 보자기 씌워져 실려 가고서야 알았지. 세상에 벽 하나 그리 두터운 줄 벽 하나가 그리 먼 줄

말이나 해보지, 벽이나 두드려보지, 죄 없는 벽만 쥐어박다 손때 묻은 벽 앞에 제상 하나 차렸다네. 고봉밥에 무국 고사리 도라지나물 해서 떡 사과 배도 얹고, 밥상 걸게 바쳤다네 이왕 가는 길 힘내서 가라

고, 그 겨울 내내 벽 앞에 물 한 그릇 올렸다네

추석이 낼모레, 십이야 고운 달빛 아래
마른 고사리 데쳐놓고 도라지 흰 살 쪼개며
삼십 년 되어가는 옛이야기 풀어놓는 여자

웃어나 줄 걸 따듯하게 손이나 잡아줄 걸
그까짓 여자 남자가 뭐라고 죽고 나면
썩어문드러질 몸땡이 그까짓 게 다 뭐라고

그때 그 더벅머리 어미뻘 되어가는 여자
나잇살 차곡차곡 채워가며
산골짝 처녀귀신으로 늙어가네

# 체온

　폭풍 앞에 X자 테이프가 붙여진 유리창 두 겹
　비바람 맞고 오들오들 떠는 우린 얼마나 얇은 생
물체인가

　나지막한 숨소리
　곤히 잠든 넌 참 순한 짐승이구나
　남자는 아직도 폭풍을 맞는 듯 잔뜩 구부린
　여자 등짝을 껴안았지 입이 없는 등,

　고요에 들기 위해 우린 떠들었던 거야
　말없이 여자가 돌아누워 남자 등짝을 토닥였지
　바싹 다가가 누구와도 가슴 붙이지 못한
　네 등성이가 커질수록 난 희미해졌지
　하나 더하기 하나가 둘은 아니지만 가다끔
　타인의 체온이 필요하지 나를 주고 나서야
　네게 건너가버린 나를 만지기도 하지

　떠도는 물살이 떠는 물살에게 불어주는 한밤의

입김
　이것이 다 사랑은 아니지만 이렇게 누워 있지

　냉갈 든 방이 살아나고 있어, 죽음 곁에서
　사랑아, 우린 껴안은 채 이별할 수 있겠구나

# 독생대獨生代 인류세人類世

  아주 오랫동안 지구엔 상아부리딱따구리라는, 우
리와 다른 종이
  우리와 같이 살고 있었지

  뾰족한 도가머리와 흰 깃털을 덮은 자르르한 검
은 날개 샛노란 상아 부리, 아름다웠을 것이다, 놀라
웠을 것이다, 어머나 저게 뭐람? 의문과 환호가 담뿍
담긴 감탄사가 터져 나왔을 법도 하다. 그래서 어머
나새로도 불렸다는, 딱 한 마리만을 평생 짝하여 죽
을 때까지 함께 숲을 날아다닌다는 그 새를 마지막
으로 보았다는 사람들이 있었다. 가까운 친척 황제
딱따구리가 멸종된 지 반세기 만이었다

  붉은 관모 쓴 그 한 마리 수컷은 검은 관모를 쓴
암컷을 만나기 위해 얼마나 오래 숲을 날아다녔을
까, 부모형제 다 사라지고 자식도 없이, 캔트 캔트,
장난감 트럼펫을 불 듯 아무리 노래해도, 핸트 핸트,
공명해주는 단 한 명 친구도 없이, 1과 0 사이, 거기

누구 없니, 얼마나 오래 두드렸을까

　나 혼자라는 것, 마지막이라는 것, 아무도 없이 죽
어간다는 것, 누구나 외롭게 사라진다 위로하지는
마라 고독사여, 컴퓨터 자판이나 두드리고 있는 나
도 0과 1밖에 모르는, 스마트폰이나 들여다보고 있
는 너도 독생대를 지나가고 있다

　생물은 사라지고,
　전기로 관절을 움직거리는 피규어만이 팔리고 있다

　한때 함께라는 시대가 있었지

# 앵두나무 두 그루

안상학 시인이 안동 잠시 떠난다고 권정생 선생께 인사드리러 갔는데요, 벽에 걸린 천 주머니에서 봉투 하나 빼서 열어 바라 하시더라는데요, 그 중 젤로 큰 백만 원짜리 수표 한 장 주시더랍니다. 이기 뭔디요 했더니 서울 가서 필요한 데 쓰라 하셨다는데요, (당신 병원비도 없는데 우예 받습니꺼?) 안 받을랍니더 했더니, 그냥 받기 머시기 하모 뽀뽀라도 함 해 주든가. (그렇게까지 하시는데 우예 하노?)

안상학 시인이 몸 돌려 생전 연애 한 번 못 해본 권정생 선생 볼에 입술을 대자 파르르 떠시더라는데요, 살작 껴안고 등짝을 어루만지는 손도 달달, 좁은 방 안에서 마주앉지도 못하고 영화관처럼 옆으로 나란히 앉아서요, 마당 수돗가에 선 두 그루 앵두나무처럼 한동안 가만히 있었다는데요, 다음 생엔 건강하게 태어나 스무 몇 살쯤에 연애도 하고 결혼도 하시겠던, 권정생 선생 볼이 마악 튀어나온 앵두꽃처럼 살포시 피어나시더라는데요

# 시간을 알약처럼 삼키며


　수업 시간마다 절간 찾아온 듯 조용히 들어와, 가
만히 듣기만 하던 청년, 모래 바람 속을 걷는 꽉 다
문 입술 (말 대신 네 얼굴을 읽었지. 발가벗은 설산
이마 아래 깊이 패인 동굴, 한 눈은 또 다른 눈에게
어떻게 닿는 걸까)


　마지막 날 청년은 봉투를 내밀었지. 제가요…… 얻
어만 먹어서요…… 마지막 날은 대접을 하고 싶어서
요…… 하루 삼천 원씩 모았어요. (떠듬떠듬 녹아내
리는 만년설의 입술, 살아내야 하는 차가운 숨, 아무
것도 걸치지 않은 네 얼굴은 감출 옷이 없구나)


　알바와 알바 사이 초코파이
　알바와 알바 사이 김밥
　새벽녘 들어와 볶음짜장에 밥 비벼 반찬도 없이,
　물과 함께 먹는 지하 원룸


　아닌 걸 아니라고 말도 못하고,

나는 왜 나를 지나쳐 왔던가[*]
분질러진 시간이여

시간을 알약처럼 삼키며[*]
우우우, 우리는 삶을 지나쳐 왔네

[*] 어느 청년의 일기 중에서.

# 해자네 점집

술은 좋아하지만 술 마시면 눕지 못하는 지병이
있는 그 여자, 술이 출렁거리는 머리에 무슨 책이 들
어오리요만, 딸내미 머리맡에 차곡차곡 쌓인 책은
읽어졌다는데 그 딸내미도 참 희한하지, 전문 컴퓨
터 하나 빼면 주역 사주명리학 애니어그램에 점성학
타로까지 동서양 기기묘묘한 학들이 도표와 그림 속
에 들어 있었다는데

어느 땐가 그 여자 기초수급자를 위한 소양 교육
이라는 것을 갔다, 시무룩 진짜 수급자처럼 앉아들
있는 통에 금방 눈물이 쏟아질 것 같은 눈매 하나
찍어서 실실 타로 점을 봐주기 시작했다는데, 그렁그
렁 눈에서 눈물이 쏟아지고야말았고 눈물이 강물이
되어 한번 휘몰아 간 뒤에, 지퍼 속에 갇힌 입들이
지퍼를 열고 나와 저도요 저도요 하는 통에 수업을
몽땅 타로 점 봐주는 일로 공치고 말았다는데
쫓겨나고 이혼하고 망하고 언제 바닥치고 손목 긋
고 꽁꽁 짜매논 이야기가 술술 쏟아졌다는데, 그라

도 지가 글쓰기 선생으로 왔는데요, 오늘 풀어놓으신 야그를요, 고대로 써가 오시믄 사주도 봐드린다카이, 그다음 주 소설 같은 인생 읽어내느라 날밤 새웠다는데

　내는 단 하나뿐인 당신이란 별을 보고 있데이, 사람살이가 뭐꼬, 밥 나눠 묵음서 니캉 내캉 가심에 든 이야그 들어 돌란 것 아이겠나, 일하고 놀고 술 먹는 뒤끝마다 신빨 영빨 차곡차곡 쌓은 그 여자 슬슬 영업을 개시했다는데, 말 이을 새도 없이 저짝에서 오대양 육대주가 쏟아져 나와 이짝에선 듣기만 했다는데, 억수로 고맙다고 오천 원 만 원 마빡에 붙여줘서 2차 3차 술값도 계산한다더니
　이리 서로 올려다보이 얼매나 좋노? 쪼매만 기둘려보래이, 고마 꽃멍울이 꽃때옷 될 날이 올끼니까네, 뻘소리 치던 그 여자 어느 날은 만만한 내 이름 두 자 빌려 돌라더니, 걸어 댕기는 점집을 차리고 말았으니 그 이름하야 해자네 점집이라 카더라

# 맥아더 장군 보살

남자가 군대 가고 나서야 배 속에 태가 생겼다는
것을 안 여자는, 남자에게 면회 갔다 이제 그만 오란
말만 듣고 온 여자는, 애비 없는 자식 세상에 내놓기
가 죽이기보다 어려웠던 여자는, 소파 수술비 구하
러 여기저기 돌아다니던 여자는, 제발 없어져라 간
장을 대접째 훌렁훌렁 마시다 제발 떨어져라, 달빛
찬 둔덕에서 굴러떨어지기도 하던 여자는

달이 차 어린 젖먹이 데리고 굴러다니던 밥집, 양
파 자루와 쌀푸대 사이에서 허천병 든 것처럼 아무
거나 주워 먹는 아일 줄로 매놓고 다니던 여자는, 지
켜주십사 할아부지 할매 얼굴도 모르는 어매 아배
도와주십사, 부체님 예순님 관심보살님 아는 신령
들은 신령 사과 박스 가득 넣고 살던 여자는, 오다마
사탕이 목에 걸려 생때같은 어린 것 손도 못 써보고
보낸 여자는

머리 풀고 옷 풀고 정신 줄도 다 놓고 아무 데나

간장처럼 엎질러지던 여자는, 세상에 단 한 점, 그 어린 것 세 해도 못 지켜주고 데려간 하눌님 하눌님 해도 해도 너무하시오 삿대질 해대던 여자는, 댓병 소주 병나발 불다 자유공원 얼음 바닥에 널브러지던 여자는, 눈뜨자 하늘 같은 장군님이 영어로 씨부렁거리며 위에서 불을 쬐어주고 있었다는 여자는, 그 미국 남자를 하눌님으로 알고 방울 흔들기 시작했다는 여자는

그 작은 점 하나, 난생처음 울고 나올 때 아기에게 쬐준 빛, 해님 달님 살펴 점을 쳐준다는 여자는, 짜박짜박 걷는 아기들이 보기만 해도 덥썩 안겨 마더 보살로도 불린다는 여자, 반나마 무너진 담벼락에 기대앉아 껌 질겅질겅 씹으며 건너편 초등학교 운동장을 바라보고 있다

# 칼 든 남자 바늘 든 여자

　담배 끊고예 술 쪼매 줄이고예 밥 잘 묵고, 마 운
동도 하모 아홉 수는 넘기것서예, 명대로 살라모 빤
쓰 입으라카이, 감기 들어예. 지 옷 다 입었는디유.
홀랑 벗고 마, 마악 들이대지 않았어예? 지발 수건으
로 덮으라 카이. 거시기 뭐를 덮어유? 거시기든 머시
기든 지발 가리라예.

　죄 없는 치마는 와 들췄습니꺼? 앞에 가는 여자
엉덩이 만지란 소리가 자꼬 들려서유. 그라모 칼은
와? 누가 칼 들고 쫓아오니께 니가 먼저 찔라뿌라
꼬⋯⋯. 고 소리대로 했어예? 세상에 젤로 나쁜 새끼
가 뒤에서 지보다 약한 애들 건드리는 놈이잖어유.

　천사가 났데이, 하모, 이기 천사가 아니라모 머겠
노? 고래서요? 귀 막고 화악 다리에서 뛰어내렸쥬.
천사가 무슨 칼이 필요합니꺼? 그 칼 내려노이소. 무
슨 칼이유? 엄한 사람 잡지 마세유. 나비를 칼로 붙
잡는 꽃 봤나, 꽃을 칼로 쑤시는 나비 봤나? 당신이

찌르려던 칼이 당신을 찌르고 있어예. 진짜로 없는디
유.

　가슴에 품고 있데이, 여차하모 쑤셔버리겠다꼬.
존 말 할 때 내려노소, 지가 바늘 들었다 아입니꺼.
바늘로 새긴 쌍룡 문신 바늘로 한 땀 한 땀 파내지
않았어예? 마, 생각만 해도 아프지예? 내려놨어유.
이제 가입시더.

# 나는 남자친구가 되었다

끈달이인 나는 옥이와 영이랑 함께 옥상 아지트에 올라가 원단 더미와 솜뭉치 사이에 누워 구름과자를 먹곤 했다. 후다닥 내려와 쌍침을 박고, 나나인치로 단춧구멍 뚫고, 한없이 끌려 나오는 끈을 낳으며, 장딴지에 알이 배기도록 딸딸이를 밟았다.

"평생 딸딸이만 밟고 살아라"가 욕이었다. 그 소리만 들으면 잡은 머리채 놓지 않던 봉제 공장, 열 서넛부터 갇혀 보고 들은 남자라곤 욕설과 주먹질에 바람둥이 재단사뿐이었던 이브들은 절로 봉긋해지는 가슴 동여매고, 목이 걸걸해지고 발길질하듯 걸어 아담으로 건너갔으리.

흰 눈이 소복이 내리던 크리스마스이브, 이브들이 들이닥쳤다. 며칠 전 월급 대신 받은 자주색 잠바데기를 입은 옥이와 영이 뒤엔 여리여리한 소녀 셋이 얌전히 서 있었다. 쉐타 위에 스몰, 스몰 밖에 엑스라지, 두 겹의 자주색 월급들을 걸치고 우리는 빙판길을 걸었다.

신발 혓바닥이 헐떡거리도록 춤추던 지하 디스코텍, 번쩍 뱅뱅 돌아가는 불빛 아래서 야리야리한 소녀를 내 쪽으로 자꾸 밀어대는 옥이와 영이 손짓에서 아뿔사, 그제서야 아담을 품은 이브들의 이벤트를 눈치채고 말았다.

캄캄한 눈 속, 이브 세 쌍이 비틀비틀 언덕길을 올라갔다. 남자친구답게 빙판길에서 짝의 손을 잡아주기도 했던가, 스몰잠바 하나 벗어 입혀주기도 했던가, 비키니 입은 미녀들이 해변에서 야시시 웃고 있는 달력이 붙어 있던 자취방 벽에 기대, 노릿노릿 구워지는 바닥으로 한없이 가라앉던, 오종종 모은 이브들 작은 발이 하늘을 향하고 있었다.
아직도 갈비뼈 자리가 시렵다.

# 티켓 투 더 문

노래연습실에서 나와
마지막 티켓 하나 남겨두고
전봇대에 기대는 달색시
엎드려, 입에 손가락 집어넣자 달싹이는 어깨
두 차례 세 차례 마신 술 게워내다
주저앉아, 천천히 눈가를 훔치다
달방 있씀 전봇대에 찍혀 깨진 달 부스러기
달비늘 털며 간다 달방달방 미끄러지며 간다

비틀걸음 바로 세우고 저 멀리서 온다
벼룻길 건너 자박자박 가차워질수록
달각달각 달섬에 찍히는 하이힐 소리
골목 끝에 숨어서 남몰래 지켜보는 그림자
달하달하 고흔 달하, 오늘 밤은 쉬었다 가렴
티켓 투 더 문, 단잠으로 가는 마지막 티켓 끊고
가만히 기다리는 그 여자의 남자
달각시의 달방

# 이 술 다 묵고 죽자 대회

에이, 더런 놈의 인생 하직해불자, 깨깟하게 물만
안주 삼아 소주를 마셨다 아입니꺼, 이 주일인가 삼
주일인가 배고픈 중도 모리고 물 한 모금 술 두 모금
사이 좋게 마셨는데요, 옆방에서 라면 냄시가 솔솔
넘어오는디요, 그 얼큰한 국물 쪼매만 들이키믄 원
이 없것다 싶어요. 에라이, 라면 한 그륵 더 묵는다고
몬 죽을 인생이라면 나가 살지도 않는다꼬 삼양라면
을 끓였는디요, 시상에 냄시가 얼매나 좋은지요, 나
가 이미 천국에 왔나 싶어요. 죽을라꼬 했다는 것도
까먹은 기라.

뱃창시 달라붙은 속에 고것이 들어가겠능교? 한
번 냄시 맡으니까네 오뚜기 신라면도 묵고잡고 팔도
비빔면도 묵고잡고 밥 말아 먹을 때 젤 맛있는 스낵
면도 묵고잡고…… 이 모지란 놈이 그 눔의 라면 때
문에 팍 죽지도 못하꼬 슈퍼만 들락달락하다 쓰러져
뻐린 기라요.

몇 병이나 마셔봤냐고라우? 술 취한 사람이 은제 세고 있것소? 걍 일어났을 때 발에 술병이 주욱 미끄러지모 내가 술을 쪼깨 마셨는갑다 하제라우. 얼마 안 된다께로 그라요. 그까짓 세 평도 안 되는 방에다가 세워봤자 백 병이나 포도시 될까 말까⋯⋯.

나가 말여라우 쐬주를 박스로 사다놓고 원없이 마시기 시작했소. 삼칠일 작정하고 거사 앞둔 독립지사처럼 착실하니 달력에 날마다 표시를 해감서 두문불출하고 마셨다 이거요. 근디 도시락 폭탄 날리는 하루 앞두고 도대체 죽을 수도 없게 배가 아프요. 떼굴떼굴 굴름시롱 살려돌라고 살려만 두면 뭐시든지 하것다고⋯⋯ 내가 아니랑께요. 바로 이 손가락 몽뎅이가 119에 전화를 했다 이 말이시, 쪼끔만 참으면 죽을 수 있었는디, 어쩌다 전화질은 해갖고⋯⋯ 재수 없는 놈은 죽지도 못혀라우. 죽을 복도 타고 나야 한당께라우.

맞어유. 사는 복 없는 눔 죽을 복도 없더라고유. 파

산 신용불량 우울증 감옥살이 희귀병 이게 한 사람
이 다 겪었다는 게 믿어지남유? 차에 막걸리 통 가
득 채우고유, 새끼손가락 굵기로다 동아줄 3미터 사
서 날마다 죽을 자릴 찾아다녔슈. 술도 다 떨어지고
이제 죽을 일만 남았으니께 당오름으로 올라갔쥬.
유서도 쓰고 비장하게 밧줄을 막 걸려고 하는디 핸
드폰이 걸리대유. 비밀은 지우고 가야쥬.

정신은 오락가락 하지유, 메시지는 많지유, 졸려서
딱 죽것슈. 이것도 못 참으면 어떻게 죽것슈? 어정쩡
누워서 통화 목록까지 다 지우고 전원을 막 끄려는
데 진동이 울리대유. 아내더라구유. 이사하다 무신
통장이 농짝 밑 신문지에서 돌돌 말려 나왔다고 비
밀번호를 물어유, 뭐 더 숨겨논 거 있시믄 이참에 다
불라고. 아니면 이사 간 데도 안 가르쳐주었다고 호
통을 치는디유, 사는 것도 죽는 것도 좀체 비밀스럽
게 되질 않아유.

돈도 벌고 사람 구실도 해볼 만큼 했는데 어느 날

보니 곁에 아무도 없고, 그놈의 병이랑 싸우는 것도 이제 지긋지긋하고, 유식하게 말해서 나를 리셋하고 싶었다 이 말이오. 이래 뵈도 내가 제법 배운 놈인디, 나를 리셋하는 길은 아무래도 죽어서 다시 태어나는 길밖에 없더라고요. 한강 둔치 나가 소주를 먹다 먹다 오줌이 마려워서 강에 대고 지퍼를 내리다 비틀비틀 휙 강으로 빠져버렸어요.

아직 술도 남았는디…… 지퍼도 열렸는디…… 아 쪽팔려, 나도 몰래 살려주세요 살려주세요 소리를 질렀나 봐요. 눈을 딱 떴는데 옴마, 이게 누구야? 하얀 옷 입은 저것이 여잔가 여신가 여신인가? 여자가 그렇게 아름다운 거더라고요. 그걸 왜 여태 몰랐을까요? 이제 내는 죽어라 떠밀어도 못 죽어요. 이 세상에 이쁜 여자가 얼마나 많은데 내가 왜요?

# 여신의 저울

비루먹은 고양이 나는 살과 뼈로 빚은
추레한 여신 내가 첫울음 터트렸을 때,
영겁을 돌던 천궁의 불 바퀴가 전갈자리에 딱 멈
추었다네
다트가 돌다 과녁에 화살이 꽂히듯

소녀가 채 되기도 전에 나는 소녀가장, 바보 같은
장발장, 나는 빵만 훔치지는 않아. 허공을 떠도는 포
개지지 않는 입술들, 절대 내 것이 될 수 없는 남의
살 내게 필요한 것은, 한 모금의 젖은 술과 함께 젖을
눈물뿐이었네

훔친 돈으로 복권을 샀지 다시는 훔치지 않으려,
과녁은 또 빗나가고 각혈하는 핏빛 단풍, 비에 젖어
투신하는데 구멍 뚫린 신발 속, 피가 고이네 불빛 반
짝이는 상점 유리창, 가만 두드렸을 뿐인데 얼음 달
빛, 부서져버렸네

내 꼬리를 물고 뻥뻥이 도는 나는 우주의 뱀, 태양
을 종일 집어삼킨 일당, 구루마 끌고 가는 노파와 나
눠 가졌네, 이 거리 저 거리 밥거리, 떠돌아다녔지 심
장은 떼어놓고 달을 팔아 쥔 월급, 집 없는 자들과 진
탕 나눠 마셨네

저 높은 담장 속, 수녀원은 소년원과 다를까, 쇠창
살에 죽자 사자 대갈통 쥐어박던 알콜 병동은, 장례
식장도 신생아실만큼 좋지 걱정할 미래가 없으니까.
얼굴 맞대고 더 이상 얘기할 수 없네. 당신이 말해줘,
빌어먹을, 축하해, 망자.

몇 번이나 죽어봤을까
깃털만치도 차이 나지 않는 심장의 무게
얼마나 사랑했을까
신들이 내 무게를 재고 있네
돌아가면 같아지지 목숨의 무게

# 도로봉

님하, 물을 건너소서
님 떠나간 항구에 퍼질러 앉아 목 놓아 울 바엔
님하, 차라리 울고 불며 떠나는 뱃고동이 되소서
물빛한 시름이야 너울진 바닷살에 떠나보내고
눈이 짓무르도록 물 등성이만 바라보소서
설움도 제풀에 지쳐 물거품 되어버릴 즈음
검은 섬 당도하거든 물비린내 젖은 해당화 향기도
좋아라
혼자가 되어 다시 혼자가 되어 벼랑에 핀
아스라한 꽃은 지나간 수로 부인에게 맡기고 님하,
천 년 전쯤 노옹이 비끄러매다 놓친 염소나 되소서
도로봉 절벽 움켜쥔 네 발
낭떠러지 거슬러 오르소서 이제야 혼자가 되어
바위에 부딪혀 산산조각 나는 백만 번의 키스
억만 번 올라와도 도로 수평으로 돌아가고 마는
혼자가 되어 도로 혼자가 되어
시퍼런 물주름 속으로 들어가 아흐 님아,
바다의 눈이 되어 오소서

# 끅, 끅, 끅

1
끅, 끅, 끅, 간헐적으로 이어지는 소리가
머리맡에서 울리고 있다
절반의 잠 속으로 들어오는 기척,
내 꿈속에서 빚어지는 네 소리는
내 소리인가 네 소리인가
대체 얼마나 아파야 저런 소리가 날 수 있단 말인가
끅, 끅, 어깨가 울 때마다 한때
아기가 빨면서 만지던 젖가슴이 진동한다

우리 아기 어떡해요, 저 어떻게 살아요, 아기가 커
서 엄마가 저를 버렸다고 슬퍼하면 어떡해요, 절 버
렸다고 절 미워하면…… 꼭 좀 말 좀 해주세요, 아가
야 널 엄마가 버린 게 아니란다…… 살아지겠지요?
어떻든 살아질 수 있을까요……

2
물고기와 파충류는 귀가 없는데 어떻게 들을까

신이 진화의 다른 이름이라면,
그는 소립자의 움직임만으론 도대체가 알 수 없는
피조물의 속을 알아내기 위해
진동을 채집하는 법을 창안했을 것이다

단음을 담아가는 신들은
영장류가 만든 완성된 음악에는 흥미가 없을지도
신들로서는 이해가 안 가는 슬픔을 수집하기 위해
사랑이라는 낚싯줄을 던졌는지도

3
ㅋ ㅋ ㅋ
문자로 전송된 저 자음이 울음인지 웃음인지
모른다 나는 소리의 신도,
문자 대신 말 못하는 것들의 울음소리를 믿는다

처량하게 우는 아기는 배가 고프다

짧게 끝을 살짝 내리는 아기는 졸리다
목젖을 제 혀로 치며 우는 아기는 아프다

아기 대신 인형을 끌어안고
포장마차에서 오뎅을 먹던 여자는
기적 소리를 가리키며 애기 울음소리를 냈었다

## 호박 꼭지

  살어둠 뻘뚱밭에서 소피 보던 복실 어매
  엉덩짝 같은 호박이 담 위에 아슬아슬 매달려 있다
  온몸이 샛노래지도록 꼭지에 매달려 있는 동안은
  이별은 도착하지 않고 죽을힘 다해 꼭지가 호박을
매달고 있는 한 사랑은 끝내지지 않는다

# 3부

## 여기가 광화문이다

# 종이 새

여자가 오르던 계단 맨 끝에 제단祭壇이 있었다
제상祭床을 든 여자 몸이 기일게 가늘어지더니
머리만 남긴 채 제단 아래로 꺼졌다
열린 두개골 천장에서 튀어나온
종이 새가 창밖으로 날아갔다
흰 깃발 겹겹 매단 새
흰 젖 같은 울음
한 방울 묻지 않았다

아들 하나 데리고 여젓것 힘들게 살아왔지요. 힘
을 아끼지 안아습니다. 현장 갈이직 식은 대로 군소
리 하지 안고 칠냄새 톡톡 쏠 정도로 머리 심저 구토
할 정도로 술 안 먹어도 취할 정도엿지요. 돈이 머냐
돈이 머야 하면서 열심히 햇지요. 갈이직 식긴 대로
열두 시간 하라면 열두 시간 하고 철야 하라면 하고
특근 하라면 하고 사람이 딸리면 새깡 작업도 햇습
니다. 사시미 칼보다 날가론 기계로 나무도 짤랏지
요. 서름움 서름운 남몰에 울게도 햇답니다……

69

삐뚤빼뚤 여자의 육필 편지
철커덩 철커덩
육중한 톱니바퀴 속으로 들어간다

얼비치는 청동 달빛 아래
얼굴 없는 귀신들
죽은 자 앞에 바쳐진 긴 긴 노동
종이 새는 날아가, 갔다.
어디로,
아무도 묻지 않는다

# 모른다

- 삼례 나라슈퍼 삼인조

임명선(37세)

나는 여태껏 누구도 때려본 적이 없다. 집에서는
아버지, 학교에서는 친구들에게 맞았고, 경찰관에겐
경찰봉으로, 교도소에선 수감자들에게 맞았다. 나
는 어릴 때 술 취한 아버지를 피해 여동생들과 도망
다녔다. 폐가나 다리 밑이 우리 집보다 좋았다. 아버
지가 아침에도 술을 마실 땐 책가방 없이 학교에 갔
다. 친구들이 놀려 거리를 배회했다. 스무 살에 살인
죄로 내가 체포되었을 때, 아버지는 중환자실에 있
었고 정신질환을 앓던 어머니는 내가 몇 년 형을 언
제 선고받았는지 모른다.

강인구(36세)

왼팔에 장애가 있던 엄마는 노점에서 과일을 팔
았다. 십만 원짜리 월세방, 아버지는 술에 취하면 엄
마를 괴롭혔다. 일곱 살 때다. 아파서 괴롭게 누워 있
던 엄마가 흰 종이에 뭔가를 써서 나한테 주었다. 신
나게 가게로 달려가 쪽지를 내밀었다. 내가 사온 것

을 털어 넣은 엄마 입에서 자꾸만 하얀 게 나왔다.
뽀글뽀글 나오는 거품을 옷소매로 닦아주며 나는
어머니 품에서 잠들었다. 어머니가 날 끌어안고 잔
그날은 내 생애 가장 행복한 날이었다. 이상한 약을
사다 줘 엄마가 죽었다며 아버지는 없는 엄마 대신
나를 쥐어박았다. 나는 열아홉 살에 살인범이 됐다.
세상은 아버지를 지적 장애인이라 부른다. 나도 똑
같다고 한다. 아버지처럼 나도 한글을 모른다. 조서
도 진술서도 모르고 읽을 줄도 쓸 줄도 모른다.

## 최대열(36세)

하반신 마비 1급 장애인 어머니와 척추 장애 5급
장애인인 아버지 대신 나는 일찍부터 가장 노릇을
했다. 누나는 중학교 졸업하고 열아홉 살에 시집갔
다. 나는 지적 장애라 읽고 쓸 줄 모르지만 동생만큼
은 공부시켜 주고 싶었다. 어린 동생과 부모님을 돌
보며 중학교를 졸업한 나는 매형이 다니는 공사판에
서 일하던 중 경찰한테 끌려갔다. 부모님도 돌봐야
하고, 돈 벌어 집도 사야 하고, 동생 학교도 보내야
하는데…… 나 없는 동안 식구들이 어찌 살까 그것
만 걱정됐다. 아무것도 모르고 시키는 대로 불었다.

1999년 2월 6일 오전 4시쯤 전북 삼례읍 나라슈퍼에 침입해, 할머니 유모 씨(당시 76세)의 입을 테이프로 막고 숨지게 했다는 이유로, 세명은 징역을 선고받고 복역을 마쳤다. 이들은 2015년 3월 "경찰의 강압수사 때문에 허위자백을 했다"며 재심을 청구했다. 부실, 조작 수사의혹이 있었던 이 사건에 대해, 재판부는 삼례 3인조가 처벌을 받았지만, 2016년 3월, 이모 씨(48세)가 자신이 범인이라며 자백하고 피해자의 묘소를 찾아가 참회하며 용서를 구한 데다, 유족이 촬영한 경찰 현장검증 영상 등을 토대로 무죄로 인정할 만하다고 판단해 재심을 결정했으며, 2016년 10월에 무죄 판결을 내렸다.

# 성주군청 앞마당에서

요래요래 목욕탕 가방 딱 열고, 돗자리 척 깔고, 물통 탁 내놓고, 머리띠 딱 짜매면 준비 끝이다카이. 할매요, 참말로 전문 시위꾼 다 됐네여, 우째 머리띠를 그라고 잘 묶는 겨? 이골 났다 아이가, 살아바라 머리 짜맬 일이 얼매나 많은고

저 바라 찍는 거, 저거 온데 방송 다 나간단다. 그라모 화장 좀 해 가 나와야겠대이. 깜깜한데 비나? 화장 안 해도 된다, 소리나 크게 지르면 된다. "가족은 가족이다 사드 때문에 헤어지지 말자!"

옮겼다매? 거그도 성주잖아. 그기 환영한다꼬 기자회견도 하고 했단다. 그기 뭐 정신이 제대로 박혔나? 여서 싫다 했는데 거그서는 좋다 한다꼬? 내 싫은 거 옆집에 줘놓고 좋다 한대이. 이노무 시끼가 인간이 되긋나? 다 꼬잡아 내려야 헌다, 그런 말종 시끼들은.

그라고 사드가 좋으면 저거 조상 묘 앞에 세우든가, 청와대로 갖고 가서 지 혼자 끌어안고 죽든가. 고

마 살던 대로 살게 지발 좀 냅두라. "이웃은 이웃이다 사드 때문에 갈라서지 말자!"

조 만데이 요 만데이 양짝 질만 막으면 사드는 몬 간대이. 그래도 갈라카만 고만 내가 질에 들누불끼다. 이럴 줄 알고 뽑았겠나? 아고, 내사 마, 찍은 손가락 깔아 뽀사뿔고 싶다.

사드 들오게 해주면 지하철도 주고 공항도 맹글어준다 카던데. 그라믄 참외밭에 뱅기 타고 가까? 주디를 꿰매부릴라, 그기 암까무군지 숫까마군지 알끼머고? "참외 사 먹겠다 헛소리 말고 사드 배치 참회해라!"

떡도 주제 감빵도 주제 노래도 하제 머라 외치쌌제, 얼매나 재밌노. 집이 있으모 깜깜하니 혼차 테리비만 보고 심심한데 여그 나오니 얼매나 좋노. 야야 떡도 참말로 맛있대이, 살 값이 개사료 값만 모하다 아이가, 참말로 개누리라 카이.

쟈덜은 육교사변도 안 겪어봤나? 하늘 땅 어데를 바라, 무기 가꼬 평화 지키는 벱이 어딨다꼬. 참말로 골치 아프대이. 야야 살아바라, 머리 짜맬 일이 얼매나 많은고. "내사 딴 기는 모리겠고 끝까지 투쟁이대이!"

# 어느 날 내가 죽었다

신들은 지쳤고, 독수리도 지쳤으며,
상처도 지쳐서 저절로 아물었다.
— 카프카, 「프로메테우스」

신들은 억, 소리 나는 연봉에 묶여 명령했고
독수리는 시간 맞춰 쪼아댔지
피 터지게 후려갈기는 시계는 피할 수 없는 채찍
도망갈 데가 없었지

내 경제는 고장 난 신호등, 늘 붉은 불만 켜 있었지
난 빚으로 빚은 계산기, 아라비아 숫자로만 반짝
였지
살기 위해 못할 게 없는 난 예스맨, 오 예,

죽어야 다음 단계로 올라가는 이 게임의 목적은
삶이라는 장애를 넘어 재빨리 죽는 것
살아 있는 동안만 살자, 죽자 사자 달렸지
알아서 기고 미리 쥐어짰지

살았다기엔 너무 많이 죽었고 죽었다기엔
너무 생생하던 내가 어느 날 죽어버렸네

죽기 살기로 사니 진짜로 죽더군
아무도 안 쳤는데 억, 소리도 없이 고꾸라지더군

죽어서야 가뿐하게 일어났지
죽고 나서야 살판났지
몸뚱이와 흙을 잃어버린 이 도시는 얼음 묘지,
나는 빌딩 사이를 날아다니네

몸 없는 댄서들로 하늘이 가득 차 있네
부딪쳐도 으깨지지 않는 죽음들
내가 이제 온전하기를 바라오니……
발음되지 않는 기도가 눈발 되어 흩날리네

# 남녘 북녘

함경북도 온성이 고향인 강율모 씨(84세)는 따스한 봄날, 이종 조카랑 안과 가서 눈 검사 받고 안경 맞췄다. 집에 돌아와 슈퍼 들러 사이다 사서 동네 할매들과 나눠 자시고, 하얀 칠 듬성듬성 벗겨진 하얀 연립 지하 열두 계단 내려가, 낮잠 주무시다 가셨다. 북쪽으로 누운 베개 머리맡엔 흰 동정에 검은 저고리, 젊은 여인 흑백 사진이 크게 걸려 있었다.

사진 속 여인은 날이면 날마다 동네에서 제일 높은 산에 올라 남쪽을 바라보다 내려왔다. 마지막 가시는 날, 남으로 난 작은 쪽창을 향해 잠시 일어섰다, 율모야, 이름 딱 한 번 부르고 그대로 가셨다. 여인의 다 펴지 못한 손가락은 30년 전 피난 간 외아들, 살았는지 죽었는지 모를 남녘을 향해 있었다.[*]

[*] 중국 심양에 사는 친척 동생을 통해 강율모 씨는 이 이야기를 전해 들었다고 한다.

# 롤러코스터에 물음

우리는 줄 서서 입장권을 샀지 아아악
공포와 비명을 사고 싶어 즐겁기도 하지 꺅,
어드벤처 얼마나 좋아 공중에서 3시간만 매달려봐
우리를 묶어놓은 중력을 떨쳐봐
점점 속도를 높여봐
한껏 올라갔다 땅으로 뚝 떨어져봐
어때, 심장이 쫄깃해졌지
얼마나 땅에서 멀어져야 만족할 수 있을까
얼마나 더 짜릿해야 우리는 환호하게 될까
혜성처럼 빠른 특급이 멈추기도 한다지
특급을 몸으로 견인하던 알바가 레일에 끼어 죽었지
얼마쯤 더 높이 올라가야 사랑할 수 있을까 우리는
얼마나 비싸게 올라야 집에 돌아갈 수 있을까
과거로부터 도망치고 미래는 나로부터 달아나네
올라왔던 길을 모두 다 내동댕이치고서야
고공 승진하는 롤러코스터

# 살려주세요

그 여름, 수배를 피해 왔던 여자와 남자는 우리가 공장에 출근하고 나면 그 긴긴 시간 동안, 좁은 다락방 스탠드 불빛 아래서 무얼 했을까, 얼굴이 동그란 여자는 피아노를 잘 친다 했다. 남자는 몹시 창백하고 명민해 보였다.

그 뜨겁던 여름이 끝나갈 무렵, 까만 자동차와 시꺼먼 양복들이 덮치던 새벽, 다락방은 동이 터올 때까지 짐승의 비명으로 채워졌다.

아아악 소리 점점 커진다 살려주세요 소리, 발작적으로 들리더니 골목 안에서 누가 튀어나온다. 피칠갑 한 짐승이 네 발로 기어 와 내 바지춤 잡고 바들바들 떤다. 웃통 벗어던진 남자가 하꼬방에서 걸어 나와 짐승을 나꿔챈다. 산발한 짐승 머리채 속에서 나오는 살려주세요 살려주세요……

발가벗긴 음부 앞에 지직거리는 붉은 인두, 나보다 겨우 두 살 위인 스물일곱 살 언니야, 맙소사, 우리에게 대체 무슨 일이 있었던 거니, 그 여름, 인천

삼산동 논 가장자리에 앉혀진 그 붉은 벽돌집에는 아직도 비틀대는 깨진 유리창과 미친 칼을 피해 우리 방으로 도망 온 늙은 아비, 피 묻은 런닝구와 선홍색 유리 조각들이 장롱 속에서 오들오들 떨고 있는데

막다른 길이었다. 사방에서 오는 발길질 피할 곳이 없다. 네 명의 회사 옷에게 사지가 납작 들려져 까만 차에 실린다. 발버둥 쳐도 아무도 듣는 이가 없다. 전두환은 사진 속에서 근엄하게 웃고 있는데, 허구 속으로 들어온 실제가 삼투압을 일으킨다.


살려주지도 제대로 살아보지도 못했다
일제 치하도 아니고 독립투사도 무슨 깡패도 아니고
36년을 싸웠는데 아직도 싸울 일이 남았다니

# 염무웅 선생의 눈물

동백림 사건 직후에 유럽 유학생 간첩단 사건이라고 있었는데, 1969년에 붙잡혀 들어가 1972년에 박노수 교수와 민주공화당 의원이던 김규남이 사형을 당했어요. 내 친구 김판수 씨도 걸려들어 5년 징역 살고 나왔는데, 유학하다 만난 첫사랑 여자를 잠시 후면 돌아올 거라고 하고 왔는데, 금방 온다던 사람이 안 오니 편지를 아무리 써 보내도 감옥에 있는 사람한테 연락이 되겠어요. 스물 몇 살에 헤어진 여자를 오십 년이 넘어서야 어찌어찌 만났다고 그래요.

박노수 선생은 그때 케임브리지대학 재직 중이었는데 미국 초청을 받아 한국 들어왔다가 바로 잡혀 들어갔어요. 그때 갓 난 어린 딸아이가 있었어요. 아버지는 빨갱이로 몰려 죽고 어머니는 얼마 후 없어졌으니 그 딸이 어떻게 자랐겠어요. 최근에야 영장 없이 체포돼 고문과 협박 때문에 진술한 게 인정된다고, 중앙정보부의 조작이었다고 대법원에서 무죄 판결 나고 보상금도 나왔다는데, 이제 쉰 줄 가까이 들어선 그 딸이, 사형당한 지 43년 만에 무죄라니, 죄 없는 사람 죽여놓고 이제 와서 무죄라니, 돈 몇 푼 얻었지만 내 인생은 어댔냐고, 우리 아버지 인생은 어떡하냐고, 서럽게 서럽게 울더라는데, 그 말 전하시면서 염무웅 선생이 눈물을 흘리시더라고. 그 점 잖으신 양반이 진짜 막 우시더라니까.

　구룡포 장길리 저물어가는 바다를 보며
　느릿느릿 이야기 전하는 김용락 시인 목소리도 젖어드는데
　시간의 낫에 베인 쓰디쓴 바다

　눈물을 다 말리기엔 정의가 너무 늦게 도착했다

# 형제여

2017년 9월 3일 북한은 6차 핵실험을 했다.
나흘 후 남한은 사드 발사대 4기를 추가로 배치했다.

팔레스타인 라말라 시장통에서 구운 과자를 건네
며 다 먹을 때까지 웃으며 지켜보던 노점의 긴 수염
위에서, 나는 오래 잊어버렸던 어떤 말이 흘러나오
는 것을 보았다. 오 형제여! 거래할 마음이 없는 형제
여, 나는 당신을 진심으로 환대한다. 생면부지 낯선
자를 향해 경쾌하게 흘러나오는 살람, 살람, 오 살람,
이 얼마나 혀와 입천장이 잘 달라붙는 말인가.

난민촌 공터에 앉아 불량스럽게 줄담배 피우는 이
방인들에게 대문을 열고 차와 빵을 내오던 여인의
쟁반에서 따스한 물기가 배어 나왔다. 딱딱한 덩어
리들을 녹이는 찰박찰박 물소리. 고체 덩어리들이
만든 완강한 고체 덩어리들, 가로막힌 분리의 장벽
앞에서, 따뜻한 찻잔 속 과자처럼 입 속에 들던 달콤
한 형제여, 이 얼마나 혀가 절로 궁굴려지는 말인가.

겨울밤 윗목에 대발로 엮은 둥치 속, 층층이 쌓인
고구마처럼 형제들은 뒤얽혀 잤다. 한밤중 구들장

뜨거워올 무렵 팔다리를 노 삼아 헤엄쳐 다니며 실뿌리처럼 얽혀 굵어져가던 장딴지가 있었다. 한 뿌리에 얽힌 고구마처럼 부둥켜안고 서로의 품 파고들던 구들장 식어가던 새벽이 있었다. 형제여, 이 얼마나 가난하고 갸륵하고 가슴 저미어오는 말인가.

　사라진 형제여
　내가 너를 부른다 다른 형제들 곁에
　모든 형제들 곁에 볏단처럼 서로 기대 서 있는
　같은 울음 먹고 자란 형제여
　내가 나를 부른다.

# 내가 대통령이, 라면

뺑뺑이를 돌려 내가 대통령이 된다면, 큰일은 절대 하지 않으리. 지구가 한 번만 몸부림치면 속절없이 무너져 깔릴 바벨탑 같은 건 쌓지도 않으리. 백층짜리 건물을 올린다거나 바다를 메워 땅을 만든다거나 강을 산으로 옮긴다거나 길이 남을 위대한 업적조차 쌓지 않으리. 돈으로 계산할 수 없는 정든 추억 같은 건 함부로 허물지 않고 억조창생 이어온 목숨들 억울하게 쫓아내지 않으리라. 물길은 물길대로 산길은 산길대로 그냥 내버려두는 천하태평 헐렁한 대통령이 되리. 그렇다고 연봉이 억대인데 제가 출근을 안 하면 되나요?

내가 대통령이, 라면, 부수고 헐고 쌓느라 강가에 모래알만큼 많은 돈, 일자리 찾아 헤매느라 발 부르튼 자들에게 나눠 주리. 환자와 아이들은 결단코 지하 셋방에 살게 하지 않으리. 등치고 속이고 빼앗아 피라미드처럼 쌓인 눈먼 돈, 국고로 환수하여 만인에게 기본소득을 보장하리. 아이나 노인이나 부자나 가난뱅이나 목숨 줄은 하나! 하나의 입, 하나의 위에

똑같은 생존권을!

제비뽑기를 해서 내가 만약 대통령이 된다면, 목을 세운 제복 대신 헐렁한 츄리닝 입고 아이들과 뒹굴리라. 들로 밭으로 함께 쏘다니다 가만히 누워 하늘을 올려다보게. 이슬 한 방울 바람이 흔드는 쑥잎 하나 가만히 들여다보게. 쑥부쟁이 개미가 되고 흙이 되고 하늘이 되고 야생 고양이 되어 바람의 영혼으로 흔들리게 하리라. 억소리 나는 말 대신, 공짜인 두 발로 세상을 뛰어다니게 하리. 이 산 저 산 쏘다니며 천 그루 만 그루 나무를 심고, 이 들 저 들 달리며 백만 송이 꽃씨 뿌리면, 그 꽃씨 자라 백만 송이 백만 송이 꽃을 피우면, 비산비야 방초 우거진 땅도 거저 빌려주리.

내가 대통령이, 라면, 지천으로 돋아 음식이 되고 보약이 되는 개망초 명아주 마타리 하늘타리 소리쟁이 박주가리 닭의장풀, 저마다 좋아하는 백 가지 나무와 풀 약효까지 익히면 과학 점수는 후히 주리. 꽃

풀 구름 바람 몇 개 엮어 시랍시고 끄적거리면 국어
도 아주 조금 올려주게 하리. 폐가에 짚 이겨 흙 바
르고 뚫린 데 막으면 기술 점수도 올려주고, 재고 자
르고 이어 붙이느라 기하와 도형도 좀 했으니, 미적
분 아리까리해도 수학도 덤으로 올려주리.

　복권 추첨하듯 화살을 쏘아 혹시 내가 대통령이
된다면, 잔머리 같은 건 도통 굴리지 않으리. 제법 배
웠다는 것들이 나라를 이 지경 만들었으니, 배는 부
르고 심장은 부지런하고 팔다리는 튼튼하게 하리.
꽤나 가졌다는 것들이 사회를 이 모양 만들었으니,
지금이라도 거꾸로 가보자고, 건드리지 말고 그냥
놔두자 하리. 떨어져 있는 핵을 융합한다거나 붙어
있는 원자를 쪼갠다거나 수정란 도려내 줄기세포를
배양하는 구역질나는 짓은 시키지 않고, 복제한 영
생불멸의 꿈 같은 건 아예 꿈꾸지 않으리라. 스스로
제 길 만들며 수억 년 흘러온 물처럼, 저마다 제 생긴
대로 꽃피우게 하리.

# 배다리 아벨서점 곽현숙의 말

여길 싹 다 묻어버린다잖어. 꼬질꼬질 비린내 풍기고 산 걸 다 뭉개버리고 가려버리고 쫓아내버리면 어떻게 살라고. 뭔 스테이? 뭔 재생 사업? 44년 장사해서 이 헌책방 딱 하나 남았는데, 개발한다고 다 쓸어버린다잖어. 공시지가에 좀 더 붙여줄 테니 나가라잖어. 재가 되더라고 사람이, 사그라져서 사라져버린단 말을 이해하겠더라고.

쌀 지어놓으면 다 가져가고 콩깻묵 던져 주면 그걸로 연명하고 수모를 겪고, 여기 한 사람 한 사람이 무수히 참고 살면서 일궈왔어. 철도길 하나 놓고 일본군과 대치하고 3·1운동 내내 목숨 걸고 만세 부르던 여기가 인천 뿌리라고. 어른의 땅을 존중하진 못할망정 흘러온 백 년과 앞으로 백 년은 고리를 걸어주고 가는 게 예의 아니야?

지식은 노동 위에서 자라. 인천 개항 되면서 옷 한 벌 변변히 못 입고 자식 가르쳐서 나라에 내보냈어.

끼니를 어떻게 다 먹어. 여기 어머니 아버지들이 맨 땅에 헤딩하면서 이 땅이 지식의 나라가 된 거 아냐? 노인네가 공사장을 건너다 열세 바늘을 꿰맸는데 아프다고 울지를 않아. 아프단 말을 안 해. 그게 너무 아프고 슬펐어. 무슨 얼어 죽을 놈의 복지. 이십만 원씩 던져 주고 노인네들 그 쬐그만 집 하나 있는 걸 그 밑돌을 빼면 어떡하냐고. 갈 데가 없이 만들어놓고 뭔 선처?

언제까지 펼치기만 할 거야? 사람이 시들어가는데! 깊이 좀 들여다보자고. 우리 사람이잖아, 이렇게 사람으로 각자 자리에서 사람들 세상을 좀 더 넓히면 안 될까? 언제까지 질주하면서 사람이 상해야겠어? 공구리로 어미의 땅을 뭉개버리는 짓을 언제까지 할 거야? 오랜된 상처의 울음에서 내일의 길이 흘러나오지 않겠어? 여태껏 쓴 돈 어떡하냐고? 두려워 마, 사람의 가슴들은 기다리고 있어, 사람이 사람으로 가는 길에 같이 서기를.

# 뼈아픈 사람들

정형외과 6인실 병동, 이곳에서는 이름 대신 뼈로 불립니다. 발가락뼈 가슴뼈 허리뼈 엉치뼈 고관절, 어긋나거나 삐거나 어디고 한 군데 뒤틀리거나 아작 나고 절단 난 뼈들이 한 방을 채웠습니다.

사방이 빙판길인디 어디 디딜 디가 있이야지, 구시렁거리는 다리뼈 목발을 허리뼈가 집어 주고, 팔뼈 링거 줄 잡고 가슴뼈가 화장실에 갑니다. 꼭 내가 찾는 것만 안 뵌당께, 엉치뼈가 갸웃거리니, 꼭 내가 필요한 것만 숨는당께, 무릎뼈가 화답합니다. 모든 뼈들이 덜그럭덜그럭 따라 웃습니다.

엄살떨지 않습니다 뼈아픈 사람들은. 대신 제일 만만한 이만 으드드 갑니다. 발가락뼈가 나가고 팔목뼈가 들어왔습니다. 머리부터 발끝까지 뼈아픈 이름들은 아직 많습니다.

# 산신제 山神祭

음력 정월 초사흗날, 메하고 떡하고 식혜하고 나물 국 보자기에 싼 제수 가득 지게에 지고 양손에 들고 꽁꽁 언 길 따라 펑펑골 산에 올라가셨다. 환갑 지난 지 오랜, 마을에서 제일 젊은 이장 이종관 씨와 반장 류석문 씨. 어른들 밥상 차리고 마을회관에서 오종종 기다리는 사이, 빙판 위에도 산 위에도 눈이 내렸다.

어둑 무렵 두 분 내려오셨다. 용그람날 옆 산신당 계신 산신께 제상 차려 촛불 밝히고, 마을 사람 하나하나 이름 써서 소지하고 절하며, 무고하시라 무탈하시라 빌고 내려오셨다는데, 나 죽기 전에 살아봤으면 싶었다. 방방골골 사람 사는 속사정 헤아리고 발품 파는 사람들이 윗자리에 서는 나라에서 단한 번만이라도

굶는 사람은 없나, 오들오들 떠는 사람은 없나, 억울하게 쫓겨난 사람은 없나 되새겨 본 적들 있으신

가, 저 높고 높은 곳에 앉아 계신 의원님들, 그들이
법을 만든다, 그들이 국회에 앉아 있다 플라톤도 읽
지 않은 그들이.*

# 검은 씨의 목록*

이사하고 구입한 충청남도 지도
17만분의 1로 줄인 땅에 우리 동네 애써 찾아
점 하나 찍었다
점보다 작은 우리 집은 못 찍었다

수돗가 꽃대 위에 입 벌린 부추 흰 꽃몽울 속에서
노는 꿀벌 다리에 꽃가루가 묻어 있다. 대궁 속 벌어
진 검은 씨알들, 씨 뿌리지 않아도 밭 넓혀갔다. 퉤퉤
뱉어버렸어도 잎을 피웠다 검은 수박씨는, 저보다 수
만 배 큰 수박통을 낳았다. 산 채로 땅속에 파묻어
버려도 살았다. 쥐눈이콩과 서리태, 끄슬리며 서리
맞으며 난양껏 자식 주렁주렁 달았다. 구정물 속에
서 올린 꽃대 위에 연밥, 벌집 같은 밥상 안에 빛나
는 먹구슬 남겼다.

황갈색으로 익어가는 모감주 열매주머니엔 까만
열매, 칠흑 속에서 골똘히 염주 알 굴렸겠다. 풀섶에
떨어진 병아리꽃나무씨, 수호초씨, 분꽃씨, 대파씨,

흑임자씨, 거먹딸갱이, 맥문동, 천 배미 논고랑마다
굽굽이 고 씨, 김 씨, 이 씨, 양 씨, 권 씨, 최 씨, 만 배미
밭이랑 골골이 류 씨, 맹 씨, 임 씨, 오 씨, 우 씨, 어둠
속 쟁여진 시간이여,

　먹물이 작성한 블랙리스트는 먹물일 뿐
　이 넓은 산하대지 말 못 하고 엎드린 씨알들을 보
아라
　소리 없이 노래 피우던 거무레한 점 속엔 미래의
나팔이 들어 있다
　껍질과 살집 다 삭아 없어지고야
　세상은 초록빛이었다

* 블랙리스트 시인들의 시 모음집 『검은 시의 목록』(걷는사람, 2017)의 제목을 차용.

# 밤의 명령

-투쟁하며, 마음-
높이로 버텨놓은 법法,
아들아, 그것이 승리한다
- 파울 첼란

한 나뭇가지에서 다른 나뭇가지에로, 함께 날아
오르며 터져 나오는 목소리들, 저 참새들처럼 명랑하
게 말하라 동요 부르던 아이들, 동그랗고 깨끗한 입
으로 말하라 잠긴 방 안에서 타죽은, 함께 부둥켜안
고 문 쪽을 바라보던 여공들, 못 감은 눈으로 말하라
동굴 속에서 마지막 본 아이들 검은 눈동자여, 아직
도 말 못 하는 흰 산의 눈물로, 살려달란 말 대신, 미
안하다…… 사랑한다, 말한 아이들의 마지막 메시지
처럼, 손가락으로 말하라 짓이겨진 손톱으로 말하
라, 숫자가 아니라 돈이 아니라, 그 한가운데를 질러
가며 말하라, 소름 돋을 줄 아는 맨살의 정직함으로
말하라.

중천엔 슬픈 달, 개가 짖고 늑대가 울부짖는다, 두
개의 기둥 사이 떠오르는 아침 해의 기억으로 태풍
속 한 점, 고요한 눈으로 말하라 대지를 휩쓰는 부황

뜬 세계 바다를 넘어, 사막에 천막을 세우는 집 없는
자들의, 떠는 손으로 말하라, 영문 모르고 젖가슴에
서 밀쳐진 아기 돼지의 입으로 말하라, 풀 비린내로
말하라 밟힌 꽃의 즙, 입 없는 것들의 입으로 말하
라, 대신 말하라 아직 세상에 없는 나라의 말, 내 눈
감는 시간, 네 눈물에 젖은 내 입술로, 마지막 순간
인 듯 지금 말하라.

# 여기가 광화문이다

유모차도 오고 휠체어도 왔다. 퀵서비스도 느릿느릿 중절모도 왔다. 실업자도 잠시 실업을 잊고 왔다 누군가는 오늘도 굳게 닫힌 일터를 두드리다 왔고 종일 서류 더미에 묻혀 있다 오고, 장사하다 오고 고기 잡다 오고 공부하다 오고 놀다 오고 콩 털다 오고 술 마시다 왔다.

우리가 이렇게 광장에 모인 것은 무엇 때문인가? 기울어가는 대한민국호에서 가만히 있을 수 없기 때문이다. 가만 있지 않겠다와 더 이상 가만두지 않겠다는 뼈저린 다짐이다. 기울어가는 배에서 가만히 있으라는 불의한 명령을 응징하기 위해서다. 내가 든 촛불은 불의와 탐욕과 거짓이 일용할 양식인 자들에게, 더 이상 우리의 주권을 맡기지 않겠다는 명예 선언이다. 대한민국은 민주공화국, 국민이 곧 나라의 주인이므로. 어느 누구도 어느 누구보다 높지 않으므로.

우리가 가만히 있으면…… 우리가 가만히 있으면 대통령은 하던 짓을 계속할 것이고, 의원들은 그냥 팔짱을 낀 채 아무 법도 통과시키지 않을 것이다. 우리가 가만히 있으면 그들도 그 자리에 가만히 앉아 있을 것이고, 가난한 사람은 더 가난해지고 부자들은 더 뻔뻔하게 빼앗아 갈 것이다. 가만히 있으면 '기억나지 않는다'와 '모른다'만 아는 파렴치범들에게 면죄부를 줄 것이다. 가만히 있으면 그들은 앉은 자리에서 군대를 불러 국민에게 총구를 돌릴지도 모른다.

광장과 공용의 마당을 빼앗긴 민중에게 남은 것은 골방의 한숨과 눈물뿐, 우리는 잃어버린 우리 모두의 광장을 이 작은 촛불 한 자루로 탈환했다. 50만 100만 150만 200만 250만 점점 더 많은 촛불이 광장에 켜지고 있다. 빛이 사방을 덮어 그 빛이 세상 곳곳으로 퍼진다는 광화문光化門, 빛을 밝혀 좋은 방향으로 화해간다는, 여기가 바로 광화문이다. 촛불들고 당산나무를 도는 산골과 밤을 밝히는 시장통과 대구 부산 광주 영월 보령 목포 흑산도 진도 거문도…… 우리가 먹고살고 사랑하고 만나고 모여 있는 지금 이곳이 바로 빛이고 광화문이다.

누가 대통령이어도…… 지금 내 옆의 어느 누구도 저들처럼 무책임하고 무능하진 않을 것이다. (아파트가 그렇게 남아돈다는데, 집을 구하기가 그렇게 힘들다고 합니까?) 보통 사람인 국민 누구도 저들처럼 살아가는 어려움을 모르진 않을 것이다. (다들 공부들을 많이 했다는데, 일자리 구하기가 그렇게 힘들다고 합니까?) 대한민국 국민 누구도 저들처럼 몰상식하고 파렴치하진 못할 것이다. 이게 지도자입니까? 이게 땅에 발을 디딘 사람 맞습니까? 이게 나랍니까?

우리가 이렇게 모여 기다리는 것은 무엇인가? 우리가 애타게 기다리는 것은 상식으로 빚은 팔을 휘두르며, 양심으로 걸어와 우리 옆에 앉는 보통 인간의 얼굴이다. 대통령 하나 갈아치우자고 우리는 여기에 모이지 않았다. 당도 대통령도 우리의 절대 희망이 아니다. 우리가 정말 원하는 것은 대통령도 정당도 모른 채, 즐겁게 밥 먹고 평화롭게 일하고 사랑하며 살아도 되는 세상이다. 좋은 세상이라면 왜 알아야 하는가 공기처럼 바람처럼 빛처럼, 생명을 주는 것들은 다 소리도 형체도 없지 않은가.

하지만 아직은 아니다. 있을 건 있어야 하고 없어야 할 것은 없애야 한다. 우리가 탄핵하는 것은 해방 후 내내 심판도 단죄도 받지 않은 거짓과 비리, 민주주의를 짓밟고 고문하고 죽이고도 출세와 이권을 챙긴 불의한 관료, 우리가 탄핵하는 것은 해방 후 내내 국민들의 고혈을 짜낸 탐욕스러운 재벌, 아아 나스닥이여, 월가여, 연방은행이여, 저들은 머잖아 붙잡고 울 나라조차 팔아먹으리라.

연민과 분배와 정의가 얼어붙은 사이, 농촌은 해

체되고 청년들은 미래를 빼앗기고 노동자들의 삶은 망가졌다. 부와 권력이 세습되는 동안 가난과 공포와 불안과 빛도 되물림되었다. 공부하고 노력하고 열심히 일해도 미래는커녕 오늘 하루를 기약할 수 없다. 이 모든 세습을 탄핵하라.

우리가 든 촛불은 새로운 주권의 역사를 여는 첫 장, 이 촛불은 몽땅 쓸어서 가진 자들 아가리에 처넣은 얼굴 없는, 귀신들에게 더 이상 수저를 올리지 않겠다는 각성의 빛, 이 촛농은 먹고사느라 나 몰라라 했던 통회의 눈물, 힘없는 자에게 힘 있는 자 적이 되는, 이 모든 억압과 불평등을 불 싸지르기 위하여. 만인이 만인에게 적이 되고 분노가 되는 세상이 아니라, 만인이 만인에게 친구가 되고 위안이 되는 세상을 위하여.

한 사람이 촛불 밝혀 한 사람이 더 밝아지고,
두 사람이 촛불 밝혀 두 사람이 더 따뜻해지고

천 사람 만 사람의 촛불로 우리 모두가 환해지도록
사람이, 사람으로서, 사람답게 살아갈 세상을 위해
어느 누구도 어느 누구보다 낮지 않다.
민주주의여 만세!

4부
시 같은 거짓말과
허구가 필요했다

# 소리가 나를 끌어당겼다

어릴 때 몇 집 건너 살던 전파사집 딸
소리는 참 소리가 없었다.
너무나 조용해서 그 애를 기억할 수가 없다.

아직도 꿈이었는지 생시였는지 알 수 없다. 엄마
엄마 엄마 숨넘어가듯 부르던 딸아이 목소리, 소리
의 파동은 중환자실 벽을 뚫고 한없이 퍼져 나갔다.
진동 따라 사지가 움찔거리는 것 같았다. 약물 주머
니에 담겨 핀에 꽂힌 고체 덩어리를 세상으로 다시
돌려보낸 건 그 울음소리였는지도 모른다.

최초에 그리고 마지막에 소리가 있었다.
낱낱이면서 하나이고
하나이면서 섞이지 않는 음파들의 춤

귀담아들은 말들이 내 입술에서 흘러나왔다. 소
리는 물에 던진 돌멩이, 파문처럼 우주 끝까지 퍼져
갈 것이다. 이 세상 떠나는 날, 이제껏 울음으로 한

말들이 먼저 당도해 날 기다리고 있을지 모른다. 내가 이승에서 함께 젖은 말들과 함께.

울음소리는 댄서, 떠도는 소립자들을 끌어모은다.

댄서의 발을 밟지 않기 위해
나는 자주 먹새긴 침묵을 먹었다

# 지구인

　머릿속에서 찌르라기 우는 소리, 금방이라도 터져 나올 듯 끓는 용암, 통증이 방문할 때만 수술하면서 오른쪽 뇌에 끼워됐다는 클립이 생각난다. 내가 잊고 사는 이 작은 금속은 물렁물렁 어둠 속에서 핏줄 하나 붙잡고 이리저리 휩쓸렸겠지. 이제 그만, 정말 그만, 진짜로 그만, 찌릿찌릿 신호도 보냈겠지. 세상에 가장 나쁜 건 인간의 머리…… 아픔도 못 느끼는 머리통 대신 중얼거리기도 했겠지.

　나부시 엎드린다 등은 활처럼 구부러지고 머리는 바닥에 처박혀 나는 한 마리 짐승이 된다 팔딱거리는 바닥, 어릴 때 갖고 놀다 미나리꽝에 빠트린 푸른 볼 점점 부풀어 오르며 볼록해지는 지구 위에 팔 다리 다 늘어뜨린다

　내 몸은 살로 짠 피륙
　점점 커져 지구를 덮는 이불이 된다
　북극을 휘감아 아래로 처지는 머리통

발을 적시는 남극해 시린 물
양 가슴 사이로 융기하는 히말라야 꽃들이 젖꼭
지를 흔들고
배꼽 속으로 물고기들이 떼 지어 들어와 간지른다
천천히 숨 내쉴 때마다 북해에 기포가 솟아오른다

맨땅에 엎어져도 떠밀지 않는다
물과 불을 담고 있는 흙의 몸집이 나를 붙들고 있
는 탯줄
직선과 왕복밖에 모르던 내가 텅 빈 우주에 떠서
스스로를 돌리는 지구의 박동 소리를 듣는다
떨리는 자음
시원의 음악은 모든 원자를 불러 모은다

시간의 창공 위로 외로운 공 하나 돈다
살이불 위로 쏟아져 스미는 따스한 빛
태양을 등짝에 지고 서서히 인간으로 돌아온다
다시 작아졌다

# 몰랐다

사천 마리 돼지와 함께 지내던 네팔 청년, 테즈 바하두르 구룽(25세)은 2017년 5월 12일 오후 2시, 돼지 똥 더미로 막힌 콘크리트 지하 통로인 집수조 구멍을 뚫으라는 지시를 받았다. 냄새가 독하고 양이 많아 기계로 하던 작업이었는데, 그날은 기계가 고장 났다. 3년 베테랑인 구룽이 밑으로 내려가고, 스물두 살 차우다리가 위에서 보조했다. 구룽이 아래에서 양동이로 똥물을 퍼올리고 차우다리가 위에서 받아 비우길 반복했다. 이내 구룽의 다리가 흔들리면서 꺾이며 똥물 속으로 곤두박질쳤다. 가난한 오형제 집안 둘째 아들로 돈 벌어서 집안 살리겠다고 한국에 온 지 삼 년 만이었다.

2017년 3월 한국에 온 네팔 청년, 차비 랄 차우다리(22세)는 구룽 형을 구하겠다고 똥물에 뛰어들었다. 한 시간 뒤 출동한 119가 건진 건 두 사람 시신이었다. 차우다리는 안전 장비는커녕 마스크도 없었으며 그런 것을 써야 하는지도 몰랐다. 들어가기 전 독

성가스 농도를 재야 하는지도 몰랐고, 사천 군데가
넘는 한국 돼지농장에, 밟을 데라곤 얼기설기 구멍
뚫린 철제 바닥과 똥밖에 없는 돼지가 천만 마리에
이른다는 것도 몰랐다. 무엇보다 돈 벌러 온 지 겨우
두 달 만에, 월급 한 번 받고 죽을지는 정말 몰랐다.
돼지 똥 냄새 없는 한국 공기도 있다는 걸 몰랐던 그
의 몸은 5월 25일, 설산 아래, 수야크와 암낙크가 놀
고, 숫컷 초로와 암컷 초리가 풀을 뜯는, 가난하고
높고 깨끗한, 고향 마을 카일라일에서 태워졌다.

  아마, 아마, 메로 아마! (엄마, 엄마, 우리 엄마!)
  마프 고르누스 데레이 데레이. (미안합니다, 많이
많이.)

  초라, 초라, 메로 초라! (아들아, 아들아, 내 아들
아!)
  마프 고르누스, 데레이 데레이. (미안하구나, 많이
많이.)

십 년째 돼지농장에서 일하던 타이 용난(45세)은 2017년 5월 25일 정오 무렵, 오백 마리가 함께 지내는 임신한 어미 돼지들 방에서 나오는 똥물이 막혀 현장을 지휘했다. 우띠끄라이 마이따띠왓(34세)과 숩덴쿤(59세)은 철제 바닥을 걷어내고 피트 아래로 내려갔다. 동료들을 내려 보내자마자 위기를 감지한 용난은 몸을 사다리에 묶고 아래로 손을 뻗어 동료 뒷덜미를 잡았다. 죽을힘으로 잡아당겼지만 축 늘어진 몸을 끌어올리기엔 역부족이었다. 똥물 아래로 잠깐 몸을 숙인 용난도 금세 쓰러졌다.

불법 체류자였던 마이따띠왓과 숩덴쿤은 돼지 막사 아래쪽이 더러운지는 알았지만, 황화수소가 뭐고 위험 물질이 뭔지는 몰랐다. 그들은 몰랐다. 한 달에 이틀만 쉴 수 있고, 쉬는 날도 돼지 밥을 줘야 하므로 놀 수도 친구를 만날 수도 없다는 걸. 무엇보다 그들은 한국 온 지 석 달 만에 죽을지는 정말 몰랐

다. 농장 아랫마을 사는 주민들은 뉴스에 나오는 걸
보면서도, 일주일이 지나도록 자기 동네일이라는 건
몰랐다.

　아무도 몰랐다.
　눈물은 어느 나라 물로 흘러나오는지,
　울음은 어느 나라 말로 터져 나오는지.

# 어쨌든 살아 있으면 된다

창문 없는 축사, 사슬로 묶인 목, 제 몸보다 약간 큰 일 인용 마구간, 벌린 다리 맞추기 위해 등을 구부려야 했다 사는 동안, 단 한 번도 옆구리에 머리를 묻고 자보지 못했다.

에미 젖 한번 못 먹어봤다. 풀이라든가 짚이라든 가 하다못해 철분 든 쇳조각도 씹어보지 못했다. 그가 마신 것은 액체 사료뿐, 비타민과 미네랄 성장촉진제가 든 탈지분유, 평생 희석시킨 부드러움만 맛보아야 했다.

그의 이름은 빌veal, 연한 핑크빛이 돌고 부드러워야 한다. 빌은 고급 클럽과 호텔 식당에서 찾는 고가 품목, 살이 질겨지면 상품성이 떨어지므로.

태어나면서부터 정해진 그의 수명은 16주. 넉 달 동안 네 배로 몸무게 불린 송아지가 마구간에서 나온다. 고개 돌려 제 꼬리 처음 봤다 생빛 아래, 난생처음 다른 송아지들과 옆구리가 부딪혔다.

시장에 도착하기 전까지만 살아 있으면 된다 어쨌든
도축되기 전까지만 살아 있으면 된다

# 늙은 꼬마

박하사탕 물고 두어 시간 배를 탔다. 어둑 무렵,
항구에 도착했을 때 도시는 온통 붉은빛이었다. 세
상에 그렇게 많은 불이 있었다니. 도시는 흙길 대신
콘크리트나 일본식 목조 건물들이 도열해 있었고 소
금밭 논밭도 없고 섬돌 옆에 접시꽃도 피지 않았다.
아이들은 숲에 들어가 솔공을 갖고 놀거나 냉감나
무 붉은 열매를 찾지 않았고 삐비나 보리피리도 불
지 않았다.

사방이 점방이고 팔방이 불빛인 도시는 까딱하면
불이 났고 구경하러 다니느라 꼬마들도 바빴다. 쉬
파리 골목 하이힐 신은 여자들은 대낮부터 욕설이
반인 댓거리들을 했고, 항구에 떠내려온 죽은 자의
시신들, 옷자락 날리듯 살이 너덜너덜한 가운데가
뚫린 얼굴들

엄마들은 장사꾼이거나 주부였고 아버지들은 월
급쟁이거나 한량들이었다. 어른들은 논두렁에 앉아
쉴참을 먹지 않고 못줄 잡고 노래하지 않았다. 여자

들은 감자 고구마를 캐지 않았고 남포등 아래서 꽃무늬 공단 잘라 딸들 춤복을 만들지 않았고 설에도 까치저고리 짓지 않았다.

대보름 저녁, 온 마을을 들었다 났다 하던 농악대 꽹과리 징소리에 때맞춰 시렁에 걸어두던 오곡밥과 삼색나물도 사라졌다. 대청마루에서 장단 맞춰 광목 두들기던 소리와 푸핫 푸핫 입에서 내뿜던 무지개, 방아 아래 찰떡거리는 인절미 냄새도 없어졌다. 가게에서 사 준 분홍 세라복, 턱 밑에 늘어진 큰 나비는 올이 다 풀리도록 날지 않았다.


어느 날은 꼬마를 아무도 신경 쓰지 않는 항구를 떠나 배를 탔다. 배는 꼬마가 떠나온 곳에 내려주었고 섬사람들은 밥도 먹여주고 재워주었다. 첫 번째 가출이었다. 작살이 났다. 가출은 들키지 않게 해야 한다는 걸 알게 된 열 살 꼬마는, 콩장판 대신 비니루가 깔린 방을 나와 흰 돛 올리고 검은 바다를 건너 애깽변에 꼬막처럼 엎드려 게 운저리 짱뚱어들과 놀

왔다.

밤이란 도망쳐 돌아가기에 좋은 때
도시로 유배 온 지 반세기가 되어가는 지금도
풍선 타고 건너간다 노래하며 춤추며 건너간다
늙은 꼬마는 원주민
피그미족 아이처럼 작아져서 헤엄치며 간다
꼬마는 선장, 몸에 새겨진 알록달록 그림들 오색
만장이 되어 휘날린다

살기 위해선 시 같은 거짓말과 허구가 필요했다
사람들은 그것을 상상력이라고 불렀다

# 다른 사람

홍파의 대장, 홍은 해군 장성 딸이었다. 그림을 잘
그리던 홍은 양장점을 하고 나는 옷 맞추러 가는 인
형놀이를 했다. 홍의 집은 다다미와 다락이 많아 숨
바꼭질하기 좋았다. 다락문이 떨어져 엄지발톱이 빠
지기도 했다

문파의 대장, 문은 경찰서장 딸이었다. 문은 피아
노를 치고 나는 노래를 불렀다. 문은 내게 건반 두드
리는 법도 가르쳐줬다. 문이 사는 관사는 유달산 반
의 반의 반이 마당이어서 소꿉놀이하기도 가위바위
보로 계단 오르기 시합하기도 좋았다. 대낮에도 어
두컴컴한 카바레가 있어서 문이 열리고 닫힐 때마다
어른들이 엉겨 춤추는 걸 구경하기도 했다

홍파와 문파로 패가 갈린 다음, 점심시간이면 처
음엔 먼저 오라는 데로 가서 먹었다. 그제는 홍이랑
어제는 문이랑 먹는 깍두기 노릇이 싫어진 나는 어
느 날 선언했다. 나는 반장이니 내 자리에서 먹겠다
고, 물론 반장이라는 말은 속으로만 했다

한동안 혼자 점심을 먹었다. 맛없이 꾸역꾸역 먹으면서 나는 명상이란 걸 하기 시작했다. 내가 아닌 사람이 내게 모두 다른 사람이듯, 다른 사람에겐 내가 다른 사람이겠지, 왜 나를 빼곤 다 다른 사람일까, 왜 음악과 그림은 함께할 수 없을까, 왜 소꿉장난과 인형놀이를 같이 할 수 없을까

혼자 점심을 먹으면서 면서기 염전집 딸이다가 곡물상 밥집 딸이다가 아무것도 아닌 것이 되어버린 나는, 그때서야 대반동 바닷가 공생원에서 오는 아이들이 도시락을 안 싸온다는 걸 알았다. 선생님 따라갔던 가정방문에서 거적문 열고 나오던 서산동 산동네 아이가 기억났고 그 친구와 오래 눈을 마주쳤다

홍도 문도 반 아이들 모두 내가 되어버리던
책상 앞에서의 명상
내 평생의 고독은 아마도 그때 결정된지도 모른다

선택하지 않는다 나는 가끔 다른 사람 아무도 없이
온통 나뿐인 세계로 도망친다 그제서야
나는 그 모든 사람이 되어 나온다

# 좋은 세상

태어나 머리가 반백이 되도록 집단 자살, 세계대
전 한번 없다니. 얼마나 평화로운가 전쟁보다 가족
과 이웃 간 폭력으로 죽는 자가 많다니. 얼마나 자발
적인가 스스로 목숨을 끊는 자가 더 많다니. 얼마나
배부른 세상인가 굶어 죽기보다 많이 먹어 죽는다니.

슈퍼컴퓨터가 일을 다 해주고 자동 주행 장치가
운전을 다 해주면 가는 길 내내 사랑을 나눌까. 첨단
하이테크가 자동차고 집이고 수족이고 뚝딱 다 만
들어주면 밤하늘의 별이라도 우러를까. 로봇이 살림
다 해주고 부지런한 인공지능이 일에서 해방시켜주
면 노래라도 부를까. 한갓진 시간에 시를 쓸까 그림
이라도 그릴까.

나노 로봇이 혈액 속도를 늦추는 악성 깡패들을
손보고 다니고, 느려터진 심장과 게을러터진 고참
노동자 같은 신장쯤이야, 말 잘 듣고 파업도 못하는
신삥으로 교체하고 뇌 속엔, 쓸데없는 생각 대신 지

능 좋은 칩을 심으니 고뇌가 사라졌도다.

3D 프린트로 팔다리 늘씬하게 다시 뽑아 달고,
주름이나 검버섯 같은 건 방사선으로 지지고 볶아
재생하고, 예스, 예스, 아름다운 여잔 성격도 좋더라,
말랑말랑 로봇 껴안고 자고, 돈만 쥐어 주면 십 년을
살아도 십 년이 늘어나니, 낳는 대로 삼켜버리는 시
간의 아가리에서 벗어났도다.

살아서 열반에 들었도다.
오 가련한 인간들, 돈이 남아돌아 제때 죽지도 못
하다니
오 불쌍한 기계들, 영원히 사라지지도 못한다니

# 내일의 날씨

 오늘의 날씨를 알려드리겠습니다. 대부분 지역에 한파특보가 발효된 가운데 기온이 낮고 바람이 강하게 불어 매우 춥겠는데요, 오후부터 동쪽은 중국을 중심으로 폭우가 내리고 곳에 따라 사과만 한 우박이 쏟아지겠습니다. 해일이 덮쳐 물바다가 된 도시로 배와 고래가 헤엄쳐 다닐 것으로 예상됩니다.

 미국을 중심으로 서쪽은 태풍과 토네이도가 동시다발적으로 일어난 후에 눈과 얼음으로 뒤덮이겠습니다. 유럽을 중심으로 북반구는 영하 50도까지 떨어져 건물이 얼어 고드름처럼 떨어져 내리겠으며, 항온동물은 밖으로 나오는 즉시 얼어버릴 염려가 있으므로 강아지나 고양이는 외출을 삼가시길 바랍니다.

 내일의 날씨는 알려드릴 수 없습니다. 오늘 밤 날씨로 인해 내일이 사라질 수도 있으며, 지표면이 바뀔 수도 있으니, 각자 알아서 대피하시길 바랍니다. 지금 건물과 아파트가 너무 많아 고민인 분은 오늘 집 없는 사람들에게 싼값에 세를 주시고, 등락 폭이 높은 주식과 가상화폐 때문에 잠 못 이루는 분들은 오늘 내로 안심과 단잠 쿠폰으로 교환하시길 권유합니다.

돈을 시간과 바꿀 시간은 오늘밖에 없으니, 부디 오늘 내로 시간을 구입해서 친구들과 나누고 함께 먹고 즐기시길 바라며, 전기가 끊기고 통신이 두절될 수도 있으니 서둘러 사랑하는 사람에게로 가시기 바랍니다. 오늘 자정 즈음이면 사지가 얼어 심장이 정지할 수도 있으니, 지식과 지폐를 태우거나 서로의 가슴을 끌어안아 체온을 유지하시길 빕니다. 고맙습니다. 마지막 날씨 예보였습니다.

# 발명된 꿈속에서

1
국가에게 쫓기고 공권력에게 거꾸로 매달리고
성난 가부장제에게 뺨 맞고
마지막 한 방, 나를 고꾸라뜨린 것은 동지들
각목이었다

그해 봄 전두환이 자율화를 발표했고
그해 늦여름 폭우가 서울을 삼켰고
나는 가을 속으로 물러났다
떨어져 바닥에 누운 것들이 나를 덮어주었다

소금강 하얀 바위에 부딪치며 흐르는 물
가볍디 가벼운 나를 업고
물거품을 건너갔다

2
신문지 광고 위에 히틀러가 돌아다녔다
수없이 많은 동그라미, 겹겹 포개져 있는

얼굴 속에는 눈과 코와 귀가 없었다


몇 줌의 광기와 몇 그램의 정의와 영웅들의 포스
터가 심장에 펌프를 돌렸다
그러고도 남은 몇 그램의 가여움,
치사량이 되기에 충분했다


작은 히틀러들이 열변을 토하는 사이 겨울이 왔다
폭설 속에서 바라보던 환한 창문,
따뜻한 방으로 끝내 들어가지 못한 채
맴돌던 돌멩이들


3
어젯밤 또 쫓겼다 꿈속에서 자식 같은 애들과 함께
철조망을 구부러뜨리며 담을 넘었다


그 모든 것이 생시라는 걸 믿을 수 없어
사람들은 꿈을 발명했다

# 문밖에 지지배

　지척에서 제비 울음소리 같은 것이 들렸지. 번개
치고 폭우가 쏟아지던 밤, 지지지 떠는 젖은 소리는
스물 몇 살, 나인 것만 같았지. 들어와, 주저 않고 난
말했지. 그림자처럼 밟고 와버린 나를 나라고 불러
도 되나, 머뭇거리는 사이 넌 노래했지. 지지배, 언제
이리 늙었노.

　안방과 마당 사이 붉은 벽, 액막이로 박아놓았을
엄나무 가시 위에 넌 집을 지었지. 가시 물고 피 흘리
는 입이 보이기도 했던가. 우레 우는 밤이면 문밖의
내가, 문 안에서 잠든 내 품속으로 파고들었지.
　배 밑에서 자꾸만 움찔거리는 새끼, 하늘이 노랗
고요, 아랫배가 자꾸 아파요. 밥을 먹으면 나아요,
우유도 많이 드세요. 낯빛이 분꽃 같은 약사는 말했
지. 석 달째 잠바로 던져 주는 월급, 기껏 만든 옷 찢
어 끓여 먹을 순 없잖아, 시래기가 소복한 감자탕 흠
흠, 귀신마냥 흠향했지.

감자알이 굵어지고 접시꽃 대가 올라오던 즈음,
문 열 때마다 지지배, 날카롭게 날아올랐지. 엄나무
가시 위로 샛노란 주둥이들이 입 벌리고 있었지.

# 소설가 박상륭

뭉텅뭉텅 틀어진 『열명길』 세워, 통째로 테이프를 붙이다 그 사이 또 미어지는, 「남도1」에 이어 「심청이」를 한 장 한 장 붙이다, 제본 좀 잘하지, 문학과 지성을 욕하다, 그 사이 몇 줄 다시 읽다,

『죽음의 한 연구』가 있어 내 곁의 죽음도 견딜 만했다. 숨 끊어진 가여운 옌네, 제 혀를 끊어 사랑했던 여자 입에 넣어주는 남자가 있어 어리숙한 내 지난 사랑도 용서되었다. 「뙤약볕」과 뜨거운 「남도」가 있어 바람 숭숭 들어오는 언덕빼기 집도 견딜 만했다. 굴풋할 때면 괴기에 술 들이켜는, 『칠조어론』이 있어 온갖 잡것에 몸도 섞었다.

나 생전에 내 글로 위로받을 사람 몇쯤 있을까 나 죽어 책이 미어지도록 읽어줄 외로운 사람 하나쯤
오 분 후면 박상륭 선생이 돌아가신 지 49일째 영시다 자정녀가 태어날 시간이다

# 김사인 시인의 시 낭송

시시한 다방, 칸막이 사이에 두고 열 걸음 지척에서, 김사인 시인 목소리가 들려왔는데요, 연이어 김밥을 입에 넣느라 바쁘던 제 손이 멈췄어요. 말이 수액이 되어 흘러나왔다, 해야 할까, 연기처럼 소리가 새어 나왔다, 해야 할까요,

뒤에 오는 어린 말이 깜깜해진 앞 말 손잡고 느릿느릿, 끈끈한 즙 같은 음절들이 배와 허벅지에 까만 고무 가죽 질끈 묶고 북적이는 시장통 길을 내며 기어기어 가는데요, 삼키지 못한 김밥 몇 알갱이가 목울대에서 울컥댔어요.

처음에, 말을 갓 배운 하느님 같은 아이가 있어 "빛이 있으라" 해서 빛이 생겼듯이, 이제 막 태어나는 말들의 곳간에서, 얼어붙은 시래기 걸려 있는 담 끼고 골목길 굽이 돌아가는 소녀가 번개탄을 사구요, 사흘 걸러 쥐어 터지는 붉은 해당화와 전단지 속 어린 해고자가 메모 휘갈기는 키 낮은 집 흙벽 아궁이가 빚어지는데요.

한 번에, 단 하나씩만, 태어나는 말들의 바다에서 아기 고래가 푸우 푸우 물거품 토해내곤 가뭇없이 사라지듯, 한 말이 다음 말에게 자리를 내어주며 너른 바다를 헤엄쳐 가더군요 어둡디 어두운 바다 위에 떠 있는 소리의 섬, 두어 평 남짓한 녹음실에 햇살이 슬며시 내려오는데요, 참 따스한 슬픔이구나, 슬픔이 저렇듯 부드럽고 고요할 수 있다면, 조금, 더, 슬퍼도 괜찮겠어요.

활자 위에 활자가 겹친, 고장 난 인쇄기에 조판된 말, 말들 속에서 용케도 잘 견뎠네요, 뒤에 오는 말이 앞 말을 가로채고 채 끝내지 못한, 당신 말을 내 말이 타 넘어갔어요.

용서하세요 성마른 제 말이
갓 얼굴 내민
꽃의 말들을 너무 많이 밟고 지나갔네요.

# 푸른 심연에게

목련 꽃 하나 팔랑거리며 내 머리에 떨어졌다

발길질과 숱한 곤봉에 짓밟혀 뭉개진 얼굴에 시
를 새긴 목련 꽃잎, 붙여주던 내 어린 봄날의 연인아,
더 오래 사랑하지 못해서가 아니라 더 깊이, 사랑하
지 못했다는 것 내 뼈저린 회환은, 몰매가 쏟아지던
네 등짝이 되어주지 못했다는 것, 붉은 상처에 겨우
약이나 발라주고 울음 그치길, 기다렸다는 것 죽지
는 말자고 당분간, 그런 약속이나 손가락 걸고 했다
는 것

네가 되어주지 못했다는 것 내 뼈저린 후회는, 물
속에 파묻힌 네 목소리에 내 귀가 젖지 못했다는 것,
해저에 잠긴 네 차디찬, 발목에 내 입술이 닿지 못했
다는 것

# 아름다운 생

갓 짜낸 소젖이 화로에서 끓는 시간, 나는 보았지, 고기를 잡는 어부와 소 떼 몰고 가는 맨발의 아이들, 소 열 마리 염소 서른 마리 받고 신부로 팔려왔다네, 통나무에 기대앉아 웃는 아낙들, 웃음은 여인들의 비밀 결사 동맹, 어느 배에서 나왔는지 따지지 않는다. 땅바닥에서 노는 저 아이들은 우리 모두의 아이들이다. 나는 들었지, 가시나무 울타리 위에서 나부끼는 붉고 푸른 천 조각 살랑대는 소리, 수만 수억 금실 같은 햇살 아래 실 잣고 천을 짜고 옷을 만드는 아가씨들, 아가씨들에게 윙크하는 젊은이들 휘파람 소리, 풀과 나무와 새와 풀벌레의 노래.

오래 전 나이자 미래의 친구들
한 뿌리에서 올라온 잎과 꽃이 아니라면
어찌 내가 그들을 경험할 것인가
이 모든 것들이 내가 아니라면

나는 사랑했지. 나처럼 생긴 이 세상의 모든 여자

와 남자, 농부와 어부와 장사꾼, 소쿠리에 담긴 진흙을 이고 먼 길 걸어와 집이자 성전을 바르는 흙손을, 벽에 닭과 새와 소와 무지개를 그리는 색색 그림, 아름다웠지, 작업을 마치고 모락모락 김 나는 뜨거운 밥 앞의 따스한 입들과 흰 스카프를 쓴 여인들의 입김과 둥그런 모닥불, 꿈에 부풀었지. 교회당에서 영원을 서약하는 웨딩드레스와 법원 앞에서 이별의 악수를 하는 연인들, 축복 있으라, 한때 사랑했으며 이젠 사랑할 일만 남았으니.


발 없는 발
종일 산 위를 굴러가던 해가 끝자락에 대롱대롱 매달려 있다
무엇을 하기에 너무 늦지 않은 시간
지난 게으름도 늦은 시작도 용서받을 수 있는 시간

창공에 구멍 하나 뚫렸다 머잖아 내일이
나를 또 낳을 것이다

# 평평골 아래

평평골에서 불어오는 바람이 지나는 길목에, 빨간
색 플라스틱 의자 세 개, 햇빛에 하얗게 바랜 파란색
의자 네 개, 비슷비슷한 꽃잎과 소용돌이 문양 박힌
몸뻬들이 평평골 쪽을 바라보고 있다. 어머니는 밭
에 가셨냐 신랑은 일 나갔냐 아들은 군대 갔냐, 늘
시방 내게 없는 것만 물어보는 양 씨 어머니가 신발
질질 끌며 마실 나온다

옛날도 아주 옛날 옛적에 저 평평골 안에 가뭄에
도 퐁퐁퐁 물이 솟는 샘 하나 있었더란다, 그 샘가에
숯 만들고 그릇 굽고 살던 사람들이 있었는데, 어느
날 옥 같은 샘물이 소용돌이치더니 글쎄, 번쩍 용이
솟구치더란다, 앞발로 죽 긋고 뒷발로 주욱 산을 갈
아줘서 용이 용그람날 너머 평평골 위로 올라가 용
경마을이 되었드란다.

광덕사에서 천안 시장까지 백 리 길, 호두 다라이
이고 다니며 팔았다는 순호 할머니 이야기가 끝나

자, 잊었다는 듯 평평골에서 바람을 내려보내고, 못
하나 두께, 용경마을 마을회관, 글자 위에서 졸던 아
비 제비 어깨가 움찔거린다

　　거 고무래로 밀어놓은 것 맨치로 벼가 평평하구나
　　저 달이 몇 번 기울고 나면
　　가재 눈깔처럼 벼가 툭 튀어 나오겠다

# 불구가 아니라면
# 사랑은 가능하지 않다네

황규관(시인)

1

살아서 죽음과 포개진 그 여잔 꽃 바치러 왔네 세
상에
노래하러 왔네 맞으러 왔네 대신 울어주러 왔네

김해자의 지난 시집 『집에 가자』(삶창, 2015)에 실
린 「버버리 곡꾼」의 한 구절이다. 그 시집에서 김해
자는 오늘날 이런저런 이유로 배제된 리얼리티를 드
러낸 바 있다. 한편으로는 시의 형식을 조금씩 허물
려는 무의식을 언뜻언뜻 보여준 바도 있다. 물론 김
해자의 이런 시도는 단지 형식을 바깥에서부터 허물
려는 미학적 실험 의식의 소산은 아니었다. 도리어
배제되고 잊혀진 '또다른' 리얼리티를 복원하는 과
정에서 어느새 정형화된 리듬과 호흡 그리고 장단과
고저 등이 귀찮아졌던 것 같다. 내용이 형식을 규정
한다는 고색창연한 명제는 구체적인 맥락에 따라 쓸

쓸히 죽어가기도 하고 활발발하니 살아나기도 한다. 왜냐면 형식에 대한 탐구가 내용을 재해석하게 하고, 사건 혹은 서사의 내용을 재구성하는 과정에서 형식은 재탄생하기 때문이다.

3년 만에 새로이 나오는 『해자네 점집』의 원고를 받아들고, 『집에 가자』에서 보여줬던 발걸음을 시인이 더 진전시켰음을 확인했다. 그런데 이 발걸음은 과거 쪽으로는 더 깊이 내려갔고, 동시대적으로는 더 멀리 나아갔으며, 이웃과의 관계는 더 농밀해졌고, 문명에 대한 통찰은 더 심원해졌다. 그리고 그것들은 만다라처럼 한 몸이 되어 『집에 가자』보다 파괴적이지만 더 풍성해졌다. 김해자에게 어떤 '거침'은 시의 건강을 의미하며 또 그것은, 시인이 의도했건 안 했건, 오늘날 이유 없이 촘촘해지는 미학적 정교함의 카르텔에 내미는 도전장처럼 보인다.

> 밤이란 도망쳐 돌아가기에 좋은 때
> 도시로 유배 온 지 반세기가 되어가는 지금도
> 풍선 타고 건너간다 노래하며 건너간다 춤추며 건너간다
> 늙은 꼬마는 원주민
> 피그미족 아이처럼 작아져서 헤엄치며 간다

꼬마는 선장, 몸에 새겨진 알록달록 그림들 오색
만장이 되어 휘날린다


살기 위해선 시 같은 거짓말과 허구가 필요했다
사람들은 그것을 상상력이라고 불렀다

                              - 「늙은 꼬마」 부분


홍도 문도 반 아이들 모두 내가 되어버리던
책상 앞에서의 명상
내 평생의 고독은 아마도 그때 결정된지도 모른다


선택하지 않는다 나는 가끔 다른 사람 아무도 없이
온통 나뿐인 세계로 도망친다 그제서야
나는 그 모든 사람이 되어 나온다

                              - 「다른 사람」 부분


   인용한 두 편의 시는 김해자의 시가 과거 쪽으로
더 깊이 내려갔음을 보여준다. 하지만 그것은 단순
히 과거를 특권화하는 '상기'가 아니다. 김해자는 과
거의 어느 단면을 재해석해 현재화시킨다. 「늙은 꼬

마」는 "박하사탕 물고 두어 시간 배를" 타고 "항구에 도착"한 "꼬마"의 눈을 통해 오늘날 우리가 파괴해 버린 삶의 어떤 모습을 재활성화시킨다. 당연히 이 작품은 자연주의적 도피를 부추기지 않는다. 도리어 존재를 물신화하고 대상화하는 근대 문명을 박력 있게 비판하고 있다. 그리고 근대 문명 속에서 "살기 위해선" 즉 지속적으로 살기 위해서는 "시 같은 거짓 말과 허구가 필요"하다고 말한다. "그것을 상상력이라고" 부른다. 백무산은 상상력을 존재의 소금이라고 부른 적이 있는데, 김해자가 그것을 시적으로 증명하고 있는 셈이다.

「다른 사람」에서는 존재의 전환이 고독 속에서만 가능하다는 이야기를 하고 있다. 학창 시절 "해군 장성 딸"과 "경찰서장 딸"로 "패가 갈린 다음" "혼자 점심을 먹"는 "아무것도 아닌 것이 되어버린" 뒤에야 "대반동 바닷가 공생원에서 오는 아이들이 도시락을 안 싸온다는 걸 알았다. 그제서야 선생님 따라갔던 가정방문에서 거적문 열고 나오던 서산동 산동네 아이가 기억났고 그 아이와 오래 눈을 마주쳤다". 이는 계몽을 위한 동화인가? "온통 나뿐인 세계로 도망"치고 나서야 "그 모든 사람이 되"는 경험을 통해 김해자는 계몽의 함정을 사뿐히 건너뛰고, 도리어 니체가 말한 "병든 자로부터의 도피"로서의 고독을 알게 된다. 그리고 그 고독이 '다른 사람'이 되게 한다. 따라서 이 작품에서 말하는 "명상"이 곧 「늙은 꼬마」에서 말하는 "상상력"과 같은 말이라는 것을 우리는 깨닫게 된다. 김해자가 이번 시집에서 보여준 어린아이-되기는 그의 진전이 과거 쪽으로 더 깊어졌기 때문에 가능했던 것이다.

2

전주시 서서학동 생활을 마치고 다음으로 생의 거처를 마련한 곳은 충남 천안에 있는 광덕이라는 땅인데, 그곳에서도 시인은 새로운 시를 발견하게 된다.

황갈색으로 익어가는 모감주 열매주머니엔 까만 열매, 칠흑 속에서도 골똘히 염주 알 굴렸겠다. 풀 섶에 떨어진 병아리꽃나무씨, 수호초씨, 분꽃씨, 대 파씨, 흑임자씨, 거먹딸갱이, 맥문동, 천 배미 논고랑 마다 굽굽이 고 씨, 김 씨, 이 씨, 양 씨, 권 씨, 최 씨, 만 배미 밭이랑 골골이 류 씨, 맹 씨, 임 씨, 오 씨, 우 씨, 어둠 속 쟁여진 시간이여,

먹물이 작성한 블랙리스트는 먹물일 뿐

　　이 넓은 산하 대지 말 못하고 엎드린 씨알들을 보
아라

　　소리 없이 노래 피우던 거무레한 점 속엔 미래의
나팔이 들어 있다

- 「검은 씨의 목록」부분


　"말 못하고 엎드린 씨알"들에게서 "미래의 나팔"
이 들어 있다는 인식은, 표면적으로 새롭다 말하기
힘들 수도 있지만 이미 시인은 "먹물이 작성한 블랙
리스트"도 기실 허위에 불과하다고 말하고 있다. 김
해자는 '새로움'의 내포 혹은 그 기준 자체를 허물
고 다시 설정하고 있는 것이다. 위 시에서는 모든 씨
(앗)들과 씨氏들을 동렬에 놓고 진열하고 있는데, 이
것은 단순한 나열이 아니다. '그리고'로 연결되는 존
재의 실상과 개별자의 차이를 밑받침하고 있는 존재
론적 평등을 암시하고 있다. "어둠 속 쟁여진 시간이
여"는 바로 그런 의미로 읽어야 한다. "어둠 속 쟁여
진 시간"이란 감각적으로는 인식 불가능하지만 현실
을 떠받치고 있는 존재의 시간을 말하고 있기 때문
이다. 동시에 모든 개별자들이 품고 있는 잠재적 역

144

량에 대한 신뢰를 통해, 단지 기호로 전락한 언어를 시라고 우기고 있는 낡은 관점을 뒤집고 있다. "말 못하고 엎드린"은 아직 말을 얻지 못한 상태를 의미한다. 사실 '새로움'이란 밖으로 아직 드러나지 않은 사건의 어떤 전조 혹은 기미를 알아채는 능력을 통해서만 가능한 법이다. 다시 말해 사건의 전조 혹은 기미를 한발 앞서 의미화함으로써만 '새로움'의 자리를 가질 수 있는 것이다.

> 도리깨질하는 앞에 서서 고개만 까딱거려도
> 수월하다는 앞집 임영자 씨 말 듣고
> 저짝에서 하나 넘기고 이짝에서 하나 제치고
> 둘이서 하면 힘든지도 모르고 잘 넘어간다는
> 아랫집 맹대열 씨 말 듣고
> 쌀방아 보리방아 매기미질도
> 둘이서 셋이서 하면 재미나대서
> 콩 튀듯 팥 튀듯 바쁜 양승분 씨 밭에 가서
> 가만히 서 있다
> 콩 터는 옆에 앉아 껍데기 골라냈다
> 사방팔방 날아다니는 콩알을 줍기도 했다
> 심지도 않은 땅콩 한 소쿠리 얻었다
> 백수도 참 할 일이 많다

"백수도 참 할 일이 많다"는 경험의 고백은, 노동에 삶을 저당 잡힌 채 살고 있는 근대인들의 무의식에 대한 유쾌한 풍자이면서 노동의 의미에 대한 새로운 충전이다. 물론 시의 내용을 보면 시의 화자도 분주했다. 하지만 그것은 자본주의적 강제 노동이 아니라 자신의 자리에 맞는 자발적 노동이었기 때문에 시인은 시종 별일 아닌 것처럼 기술하고 있는 것이다. 이 '별일 아닌 것'은 시의 화자가 처한 삶의 터전이 아직도 환대와 우정의 공동체이기 때문에 가능했을 것이다. 그러나 김해자가 자신이 살고 있는 농촌 공동체에서 자신이 원하는 환영幻影을 그리고 있는 것은 아니다. 거기는 당연히 쇠락해가고, 고립되어가고 있으며, "설영근 나락이삭 흰 설움꽃 피우며" "꺼끌꺼끌 보릿고개 껄보리 이삭에 몸뗑이 굴리며 왔"다가 "죽살이길 피살이길 열 손가락 장을 지져 구들장 데피고 열 발가락 심지 삼아 불 밝히다"가고, "서금서금 무명천 짜 삼도천까지 낸 길 덤부렁덤부렁 휘인 허리도리 칼 삼아 가르며"(「어매」) 떠나고 있는 현장이기도 하다.

김해자가 자신이 살고 있는 농촌 마을에서 '오래

된 미래'의 징후를 느꼈다고 해서 그 현장이 곧 유토
피아라고 생각하고 있는 것도 아니다. 거기에도 현재
적 사건이 엄존한다. 「몰랐다」는 그 생생한 보고서인
데, 이 작품은 농업 노동자로 와서 비명에 간 "테즈
바하두르 구룽", "차비 랄 차우다리", "타이 융난",
"우띠끄라이 마이따띠왓", "슝덴쿤" 다섯 사람의 참
사를 기록하고 있다. 기성화된 형식을 허물려는 김
해자의 무의식은 생생한 리얼리티를 포착하는 순간
더 강렬해진다. 이주 노동자들이 한국의 농촌에 와
서 죽어간 현장을 시적으로 기록한 이 작품을 비롯
한 적지 않은 작품이 시와 산문의 경계에 걸쳐 있다.
이는 새로운 리얼리티가 시 양식 특유의 폼form을
범람해서 벌어진 현상이기도 하지만, 시인의 파토스
가 급격히 다변이 될 때도 마찬가지 현상을 일으킨
다. 그런데 김해자의 다변은 살기 위한 "거짓말과 허
구" 곧 "상상력" 때문에 벌어진 일이지 그 반대인 시
를 꾸미기 위해 삶을 양식화해서 일어난 일이 아니다.


3


　이 시집에서 단연 돋보이는 작품 계열은 구체적인
삶을 파괴하는 근대 자본주의 문명에 대한 비판과

그것을 넘어서려는 상상력을 보여주는 작품들이며,
양적으로도 가장 많지만 대부분의 시편에 그것은
기저음으로 깔려 있다.

　　나 혼자라는 것, 마지막이라는 것, 아무도 없이
죽어간다는 것, 누구나 외롭게 사라진다 위로하지
는 마라 고독사여, 컴퓨터 자판이나 두드리고 있는
나도 0과 1밖에 모르는, 스마트폰이나 들여다보고
있는 너도 독생대를 지나가고 있다

　　생물은 사라지고,
　　전기로 관절을 움직거리는 피규어만이 팔리고 있다

　　　　　　　　　- 「독생대獨生代 인류세人類世」 부분

　　수천 명 매머드공장, 수십 라인
　　단 하나의 부속이 되어

　　소매달이는 소매만, 에리달이는 에리만 주구장창
박아댄다 대량으로 나오는 미세먼지, 먼지만큼 대량
기침, 쿨럭쿨럭 완성품이 어찌 생겼는지 들여다볼
여력이 없다.

누가 입을지 모르는 옷, 당연히 누가 만들었는지
궁금해 않고 입을 사람들을 위해, 위해서라는 생각
조차 없이 얼굴 처박고 미싱만 돌린다.

- 「무용Useless」 부분

태어나 머리가 반백이 되도록 집단 자살, 세계대
전 한번 없다니. 얼마나 평화로운가 전쟁보다 가족
과 이웃 간 폭력으로 죽는 자가 많다니. 얼마나 자발
적인가 스스로 목숨을 끊는 자가 더 많다니. 얼마나
배부른 세상인가 굶어죽기보다 많이 먹어 죽는다
니.

- 「좋은 세상」 부분

자본주의는 현재 4차 산업혁명이라는 극첨단 하
이테크 시대로 접어들고 있다. 이 도저한 기술 문명
은 그러나 사람의 삶에 별로 관심이 없다. 저임금 장
시간 노동을 로봇이나 인공지능에 맡겨버림으로써
마치 인간을 구원하는 계기가 될 것이라 말하는 사
람들도 적지 않지만, 기술 문명의 본질은 인간이란
존재 자체를 '잉여'로 만든다는 점이다. 관계망을 끊

어버리고 존재를 "0과 1"로 환원시켜 버린다. '살아 있음'은 사라지고 대신 "전기로 관절을 움직거리는 피규어"의 세상이 되고 있다. 임금 노동에서마저 내쫓기는 현실은 "대량으로 나오는 미세먼지"를 만들고 있을 뿐이다. 그리고 예나 지금이나 노동자들은 "당연히 누가 만들었는지 궁금해 않고 입을 사람들을 위해, 위해서라는 생각조차 없이 얼굴 처박고 미싱만 돌린다".

마르크스는 "자본주의 체제 안에서는 노동의 사회적 생산력을 향상시키기 위한 모든 방법은 개별 노동자의 희생 위에서 이루어진다"며 "생산을 발전시키는 모든 수단들은 생산자를 지배하고 착취하는 수단으로 전환되며, 노동자를 부분 인간으로 불구화하고, 노동자를 기계의 부속물로" 떨어뜨린다고 비판했다. 과학 기술도 마찬가지이다. "과학이 독립적인 힘으로 노동 과정에 도입되는 정도에 비례해 노동 과정의 지적 잠재력을 노동자로부터 소외시킨다." (『자본론 1』)

자본주의 사회에서의 과학 기술 발전은 구체적인 삶에도 당연히 영향을 미쳐 "전쟁보다 가족과 이웃 간 폭력으로 죽는 자가" 더 많고, 거기에다 자발적으로 "스스로 목숨을 끊는 자가 더 많"은 기이한 현상을 촉발시킨다. 오늘날 모든 가치의 전도 현상은 자본의 운동 때문이다. 자본은 삶의 가치와 의미를 위해 운동하지 않는다. 오로지 이윤을 위해 운동하며 그 이윤을 이루는 것은 잉여 가치이고, 잉여 가치는 오직 노동자의 삶을 파괴해야만 발생한다. 이 잉여 가치의 확대를 위해 과학 기술이 복무하고 있는 형국인데, 그 극단이 존재를 "0과 1"로 환원시키는 것이다.

김해자 시인이 이러한 흐름에 맞서 농촌 공동체의 환대와 우정을 말하고, "살림집 한 귀퉁이 비워 수선집" 차려 "석탄가루 밟으며 까만 비닐봉다리 들고/ 먼 길 걸어온 늙은 광부의 틀어진 작업복을" 고쳐주고, "대낮부터 대취해 돈 달라 떼쓰는 저 작자 난닝구도 손 좀 봐"주는 "무용과/ 약간의 무능"(이상 「무용Useless」)을 말한대서 이 세계가 변하는 것은 아닐지도 모른다.

하지만 자본주의 체제 안에서는 아무것도 소용없다는 허무적인 인식이 만약 자본의 운동이 생산한 이데올로기라면 어쩔 것인가. 어쩌면 모든 가치의 전도 현상은 우리의 불건강한 정신과 태도에 의해서 가속화되고 있는지 모른다. 물론 우리의 내면과 정신은 시대와 역사가 조형한다. 역으로 시대와 역사를 만드는 것도 우리의 내면과 정신이다. 우리의 내면과 정신이 시대와 역사에 의해 일방적으로 조형된다는 관점은 '낡은 유물론' 또는 '기계론적 유물론'이라고 불린다. "인간의 본질은 그 현실에 있어서 사회적 관계들의 앙상블이다."(칼 마르크스, 『포이어바흐에 관한 테제 8』)

4

오늘날 시인을 향한 조롱이 정점에 달했지만, 시장과 권력으로부터 거리를 두고 '벌레'처럼 대지에 몸을 섞은 채 살아가고 있는 시인들도 존재한다. 자연히 그들의 언어에는 선지자적인 외침이 불가피하게 배어 있다. 혹자들은 그런 시인들에게서 도덕 교사를 발견하지만, 그러나 그들은 새로운 윤리를 입법하려는 시인-철학자에 가깝다. 시는 무엇인가? 무게를 거부한다고 깊이까지 내다버린 세상을 우리는 살고 있기에, '시는 무엇인가?'라는 질문이 과거의 유물처럼 느껴지기도 한다. 하지만 시의 이념을 재설정하려는 모험 없는 새로움은 단지 자본주의 상품생산 체제의 부산물일 가능성도 배제할 수 없다. 우리는 현재 부지불식간에 자본주의를 먹고 마시고, 자본주의를 입고, 자본주의를 말하며 살고 있기 때문이다.

김해자 시인의 네 번째 시집 『해자네 점집』은 자본주의가 강요하는 모든 것과 총체적으로 투쟁하는 과정의 무의식과 의식을 빠짐없이 표현하고 있다. 존재론적인 물음에서 자본주의 근대문명 비판까지, 그리고 자신을 구성한 과거의 관계와 사건에 대한 탐색부터 이른바 미래에 대한 환상의 거부까지 때로는 장광설로, 때로는 촌철살인으로, 때로는 연민의 감정으로, 어떤 때는 가슴을 울리는 잠언으로 말이다. 원시언어를 앞다투어 버린 채 공교육과 문화상품 시장이 생산한 문화 언어로 시가 만들어지는 현실에 맞서 김해자는 원시언어를 넝마주이처럼 모아 누더기를 깁고 있는 것처럼 보인다. "구시렁구시렁 이빨 빠진 바지 지퍼"(「무용Useless」)를 바꿔 달듯 말이다.

이 모든 행위와 생각과 마음씀씀이를 '사랑'이라고 부르는 것은 전혀 이상한 일이 아니다. 그런데 이 사랑은 살아 있는 것에 대한 안간힘으로서의 사랑이다. 김해자는 "죽을힘 다해 꼭지가 호박을/ 매달고 있는 한 사랑은 끝내지지 않는다"(「호박 꼭지」)고 말하는데, 이쯤 되면 김해자에게 사랑은 행위나 마음씀씀이 같은 심리적인 상태가 아니라 존재의 확고부

동한 근거가 된다. 사랑은 끝내자고 해서 끝나는 게 아니다. 바로 삶 자체가 사랑으로 인해 가능하기 때문이다. 하지만 우리가 처해진 자본주의 체제 안에서, 모든 사랑은 "불구"다. 시인은 이렇게 말한다.

불구가 아니면 불구에게 닿지 못하는
불구의 말, 떠듬떠듬 네게 기울어지던 말들이
더듬어보니 사랑이었구나

-「불구의 말」 부분

자본주의는 모든 삶을 "불구"로 만들지만, 시인은 도리어 사랑은 "불구가 아니면" 가능하지 않다고 말한다. "불구"인 줄도 모르고 "떠듬떠듬" 타자에게 "기울어지던 말들이" 돌아보니 "사랑"이었다는 진술은, 자본주의 안에서 삶을 구원하는 것은 사랑이라는 말로도 들린다. 그 사랑이 "냉갈든 방"을 살려내고, "죽음 곁에서" "우린 껴안은 채 이별"도 할 수 있는 힘을 준다.

김해자에게 사랑은 그러나 도덕이거나 교의教義 같은 게 아니다. 다만 충동일 뿐이다. 사람에게는 도덕과 선에 대한 충동이 있듯이, 인식 충동도 있고 사랑 충동도 있다. 어떤 것이 보다 더 그 사람을 지배하느냐에 따라 시인이든, 철학자든, 의사든, 장사꾼이든 되는 것이다. 거꾸로 말하면 백 퍼센트의 시인도 없고 백 퍼센트의 장사꾼도 없다는 말이 된다. 하지만 압도적으로 그 사람을 지배하는 충동이 있을 수 있다. 김해자를 크게 지배하는 충동은 사랑 충동으로 보이며, 그것이 김해자를 어쩔 수 없는 시인의 삶으로 이끈다. 한편으로 사랑 충동이 나르시시즘으로 빠지지 않도록 조절하는 게 인식 충동이다. 여기에서 김해자의 비판적 지성이 형성된다.

삶을 불안에 떨게 하는 것은 확실성이 느껴지지 않아서이다. 특히 자본주의 사회에서는 자연과 시간 앞에서 느끼는 존재론적 불안에다, 사회의 규범과 국가의 정책이 우리 자신을 배신할 것이라는 불안이 더해져 삶을 말없이 누추하게 만든다. 그래서 더더욱 사람들은 "'한 줌의 확실성'을 선호한다." 하지만 삶은 "한 수레 가득한 아름다운 가능성"에 가깝다.(니체, 『선악의 저편』) "아름다운 가능성"을 노래하고 표현하는 게 만약 시의 역할과 임무라면, 김해자는 이번 시집에서도 변함없이 그것을 수행하고 있다. 대신 울어주고, 대신 말해주고, 대신 노래하면서 말이다!

**해자네 점집**

2018년 4월 25일 1판 1쇄 펴냄
2022년 1월 4일 1판 4쇄 펴냄

| | |
|---|---|
| 지은이 | 김해자 |
| 펴낸이 | 김성규 |
| 책임편집 | 박찬세 |
| 디자인 | 진다솜 |
| 펴낸곳 | 걷는사람 |
| 주소 | 서울 마포구 월드컵로 16길 51 서교자이빌 304호 |
| 전화 | 02 323 2602 |
| 팩스 | 02 323 2603 |
| 등록 | 2016년 11월 18일 제25100-2016-000083호 |

ISBN 979-11-89128-03-6 04810
ISBN 979-11-89128-01-2 (세트)